四獣封地伝
落陽の姫は後宮に返り咲く

唐澤和希

ポプラ文庫ピュアフル

四獣封地伝

落陽の姫は後宮に返り咲く

唐澤和希

序章

朱色や金色に塗られた柱に軒反りの屋根の建物が立ち並び、枝垂れ柳が風にさらさらと葉を揺らす。瓦は全て国色である碧色《みどり》で統一され、整然とした美しさのあるその場所は、四獣封地《しじゅうほうち》の西側を治める誠国《セイ》の後宮。王の妃やその子供達が住う町だ。

優美なその後宮に、宮女や宦官を引き連れて派手な深紅の輿《こし》が通る。輿の上には、金糸で芙蓉を刺繡された碧色の衣に身を包む女がいた。

王の第一妃、呂芙蓉《リョフコウ》。

自らの権力を誇示するかのような派手な装いをする呂芙蓉を見て、今年九つになったばかりの誠国の王の娘、誠詩雪《セイシセツ》は思わず内心で舌打ちをした。

「臭い、臭いのう……。汚らわしいドブネズミの臭《にお》いがしおる」

呂芙蓉はいやそうに鼻に袖をあててそう言うと、詩雪の目の前で輿を止めた。このまま素通りしてくれたらと願っていた詩雪は、小さくため息を吐く。

「臭いと思うたら、そなたか、詩雪公主。相変わらずドブ臭いのう」

呂芙蓉の言葉に顔を上げると、愉悦に歪んだ笑みで見下ろす彼女と目があった。

王の娘である詩雪に失礼な物言いだが、周りにいる宮女達は、誰も呂芙蓉を咎めない。

次の王となる息子を産んだ呂芙蓉は、後宮での実質的な支配者。誰も彼女には逆らえないのが現状だ。

だが、詩雪は王の正妻である王后の娘。

このまま軽んじられてばかりいれば、大好きな母の名誉を汚すことにもなる。

詩雪はグッと目に力を入れて微笑んでみせた。

たとえ呂芙蓉が着ているものとは比べ物にならない襤褸《ぼろ》を着ていようとも、母親譲りの輝かんばかりの黒髪に、整った顔立ち。にこりと笑みを浮かべれば、周りをハッとさせる魅力があるのを詩雪自身が知っている。

予想通り、ここにいるものが皆、詩雪に引きつけられた。

「呂妃様にご挨拶申し上げる。それにしてもドブ臭いとは、そんな臭いはいたしませんが……ああ、もしかして、とうとう心根と同じように鼻もねじ曲がってしまわれたのだろうか」

詩雪は心底憐れんだ顔をしてそう言って見せる。

詩雪の口調は少々堅苦しく男っぽいものだった。話し相手になってくれるような侍女も教育係もいない詩雪は、大体の時間を書を読んで暮らしている。そのため、書物に書かれているような堅苦しい言葉遣いが癖になっていた。

そして、このどこか尊大にも聞こえる口調を呂芙蓉が嫌っていることも知っている。

だからこそ別に直す気もない。

予想通り、呂芙蓉が不快そうに片眉をピクリとあげた。

「それか、呂妃様のお輿の中が臭いだけかもしれぬ。よろしければ何かお香でもお贈りいたしましょうか。お香は良い香りがするだけでなく邪気なども祓うようで……ああ、しかし、邪気を祓うとなると、呂妃様も一緒に祓われてしまうかもしれぬ。どうするべきか……」

意訳すればお前なんて邪悪そのものと言っているようなもの。

「お前……！　よくも……！」

呂芙蓉は声を荒らげた。

詩雪は毎度のことなので動じなかったが、詩雪の後ろに隠れていた者はそうもいかなかった。びくりと、体を動かしてしまった。

「ん？　後ろにいるのは誰じゃ！」

めざとく感づいた呂芙蓉の指摘に、詩雪は内心舌打ちをする。

呂妃付きの侍女の一人が、詩雪の後ろに隠れている者を摑んで引っ張り出した。そこにいたのは呂芙蓉の息子であり詩雪の異母弟である忠賢《チュウケン》だった。可哀想なほどに青ざめている。

性悪な呂芙蓉とは似ても似つかぬ純粋さを持ち、心優しい忠賢は詩雪のことを同腹の姉のように慕ってよく遊びにきていた。

先ほども、病がちな詩雪の母のために生薬などを薬殿《くすどの》から勝手に持ち出す、つまりはこっそり盗む詩雪を、無邪気な笑顔で手伝ってくれていたのだ。

だが、詩雪達親子を嫌っている呂芙蓉にとって、息子が詩雪に構うことは当然気に入らない。

そこにいるのが忠賢と知るや、侍女はお伺いを立てるために呂芙蓉の顔色を窺う。

呂芙蓉は忌々しそうに顔を歪めて睨みつけ、忠賢はますます背中を丸めた。

「ご、ごめんなさい。母上……」

「お主、またもやこのようなドブネズミと共にいるとは……！　本当に不出来な息子よ！」

「ごめんなさい！　す、すぐに戻りますから！」

「当たり前じゃ！　この痴《し》れ者が！」

呂芙蓉に恫喝《どうかつ》されて、肩を縮こまらせた忠賢は、「……ごめんなさい。姉上」と言って、先ほど薬殿から盗ってきた生薬の入った袋を詩雪に渡す。

詩雪は、気にしないでいいというように目配せだけをした。

忠賢は、王として必要な資質を持って生まれ、詩雪のように後宮の者達から軽んじられることはない。だが、彼も辛い思いをしていることは詩雪も分かっていた。

呂芙蓉は、息子の忠賢がいるからこそ今の権力があるというのに、その忠賢を蔑ろにしている。忠賢が呂芙蓉の目を盗んで詩雪のところに遊びに来るのは、母親に愛されていない寂しさのために他ならなかった。

呂芙蓉は、己が一番でないと気が済まない質なのだ。故に、自分の子でさえ、自分よりも身分が上であると思うと我慢ならないらしい。

「……ふん、全く面の皮の厚い小娘よ。その年にして王太子をたぶらかすか。流石は何処の馬の骨とも知らぬ男とまじわった上に、陛下の子だと嘘をつく汚らわしい女が産んだ子じゃのう」

その言葉に詩雪の体中が熱くなった。自分のことはいいが、母親のことを言われるのは我慢ならない。

「母上は不貞などしていない！　私は父上の子だ！　誠国の王であられる父上は、母上が嘘をついていないことを誰よりも分かっていらっしゃる！　だからこそ母上は王后の地位にいらっしゃるのだ！」

「ほう、そうかえ？　では、なぜそなたには、王の子ならば必ず持つはずの嘘を聞き分ける力がないのじゃ？」

勿体ぶるようにそう言った呂芙蓉は勝ち誇った顔をしていた。

これを言われたらもう何も返す言葉などないだろうとでもいうように。

思わず詩雪は拳を握り込んだ。実際、何も言い返せない。

悔しかった。握った拳が痛い。爪が食い込んだのかもしれない。だが、その痛みを、悔しさや怒りが凌駕《りょうが》する。

詩雪の住う国、誠国は、かつて世界を滅ぼしかけた四匹の凶獣《きょうじゅう》の一匹『欺瞞《ぎまん》の窮《キュウ》奇《キ》』という銀毛の獣を調伏して封じた仙人・誠円真君《セイエンシンクン》が始祖となって興《おこ》した国だ。

詩雪達王族は、つまりその仙人の血を受け継ぐ半仙である。そのため王の子は、必ず『嘘を聞き分ける』という特別な神通力《じんずうりき》を持って生まれる。

だが、何故か詩雪にはその力がなかった。

詩雪に力がないと分かった時、詩雪の母親はまず不貞を疑われた。塀に囲われた後宮に住う母に不貞などできるはずもない。当然、不貞などしていないと訴えた。

嘘を聞き分ける力を持つ王も、その言葉が嘘ではないと認めた。だが、それだけだった。

廃后こそしなかったものの、その後、王は王后である詩雪の母を顧みることはなくなった。

そして寵愛は他の妃に、特に忠賢を産んだ呂芙蓉に向けられた。

一気に寵愛を失った王后の現状を見て、不貞を犯したという話は未だに真実であるかのように後宮内では囁かれている。そしてもともと体の弱かった詩雪の母親は気を弱らせてますます体を壊した。

自分にちゃんと『王の力』が有りさえすれば。何度そう思ったことだろうか。

それが有りさえすれば、今のように擦り切れた衣を身に纏うことはなかっただろう。母の体調が悪いと言えば、すぐさま侍医が駆けつけて薬を出してくれただろう。今のように、わざわざ詩雪が薬殿に忍び込んで生薬を盗まなくていいのだ。

　そもそも母が冷遇されることもなかったはずで、きっと今のように寝台から離れられないぐらいに体を弱らせることもなかった。

　詩雪達の不遇は、まさしく己に力が無いことから始まった。どうして力がないのだろうか。ずっと、ずっと……それればかり考えてきた。

（だめだ。あまり熱くなってはいけない。こんな時こそ強がって見せる。この女は私が傷つくのを見て喜ぶような奴なのだから。たとえ嘘をつこうとも、思い通りにさせたくない）

　怒りで目の前が真っ暗になりそうな自分を叱咤する。詩雪は呼吸を整えると真っ直ぐ呂芙蓉を見据えた。

「だが、呂妃様、よろしいのだろうか？」

　余裕たっぷりな態度になった詩雪を呂芙蓉が訝しげに見下ろす。

「何がじゃ？」

「もし私の母上が不貞を働いたとして、嘘を聞き分けることができるお父上ならばそのことにすぐ気づかれたはずだ。誠実さを何よりの美徳とする誠国で、王に嘘をつくことは何よりも重い罪。だというのに、父上は母上を罰さず、廃后にもせずにいるということは、それほどに私の母上を愛していらっしゃるということにならないか？」

ここまで言うと、呂芙蓉は忌々しそうに眉間に皺を刻み始めた。

「それはつまり、呂妃様よりも母上の方がより美しく魅力的だったということではないだろうか？」

詩雪はここぞとばかりに自信に満ちた笑みを作って見せた。

父王が母を愛しているなど、こんなのただのハッタリだ。実際父王は、詩雪の母親を顧みておらず、おそらく情もない。捨てられたのだ。廃后にしないのは、ただ面倒だからに他ならない。

だが、一番であらねば許せない呂芙蓉は、自分が劣っていると言われることには敏感だ。予想通り怒りで呂芙蓉の顔色が変わる。

「お、お前は、よくもそのようなことをぬけぬけと……！」

歯を見せて怒る呂芙蓉が滑稽で、詩雪は幾分胸がスッとした。

とは言え、あまり言いすぎると後々面倒。なんと言っても、呂芙蓉は実質的には後宮の支配者なのだから。詩雪がこの後をどう収めるべきかと考えていると、呂芙蓉が声をあげた。

「そういえば忠賢。先ほどこのドブネズミに渡したものはなんじゃ」

先ほどまでの激昂《げっこう》を隠した呂芙蓉は、何か悪いことを思いついた顔をしていた。どうやら懲りずに、詩雪を貶めるネタを見つけたらしい。

突然話しかけられた忠賢は、またびくりと肩を震わせる。先ほど渡したものというと、おそらく薬殿から盗ってきた生薬の入った袋のことだろう。

「あ、あれは……その、李成《リセイ》からの預かりもので……」

もごもごとはっきりしない口調で忠賢が言うと、呂芙蓉はにやりと口角を上げる。

「ほう？　医官の李成が詩雪公主に何か渡しでもしたのか？　李成、どうだ？　何か渡したのか？」

呂芙蓉の声がけに、輿の後ろを付き従っていた医官、李成が前に出てきた。李成は、誠国では珍しい金の髪と色素の薄い青い瞳を持つ美貌の宦官、男子禁制の後宮で働くために体の一部を失った官吏だ。先ほど、詩雪が生薬を盗んだ薬殿の管理人を任されている。

どこか申し訳なさそうに眉尻を下げた李成は呂芙蓉の前に膝をついた。

「私は……特に渡したものはありませんが……」

「ほう？　だとすると、忠賢が嘘を？　いや、次の誠国の王となる忠賢がまさか嘘をつくわけがあるまい。だとすればそこのドブネズミに騙されたか？　ああ、そうに決まっている。誠実な我が息子を騙して、盗みの片棒でも担がせたか？　なんと恐ろしい」

詩雪にあらぬ疑いがかけられそうになって、姉を慕う忠賢は慌てたように口を開く。

「ち、違います！　僕は！」

「だまりゃ!!」

忠賢の言葉を遮るようにして吠えると、呂芙蓉は手元の扇を投げつけた。

「いっ……！」

扇はちょうど忠賢の額に当たり、忠賢は痛みで思わずしゃがみ込む。

「なんてことを！」

詩雪は、忠賢のそばに駆け寄って彼の背を支えた。

扇が当たったところを見ると、少し切れて血が滲んでいたが、傷自体は深くはない。

詩雪は、懐から手巾《しゅきん》を取り出すと傷口に当てる。

呂芙蓉という女は、平気で人の弱みを突いてくる。詩雪が、忠賢を大切に思っていることを知って、傷つけたのだ。それが弱みだと分かっているから。その傷つける対象が自分の息子であっても、気に入らないものを追い込むためならばなんでも利用する。

「のう忠賢、先ほど李成から預かったと言ったのは嘘か？　誠実であることこそが我が国の美徳じゃ。嘘をついたのなら罰が必要よのう」

輿から見下ろして、もったいぶった口調で呂芙蓉は言う。

「ば、罰、ですか……？」

「そうじゃ忠賢よ、そなた詩雪公主が持っているものを地面に叩き落とし、踏み潰せ。妾《わらわ》は寛大故に、それでそなたの罪を許そうではないか」

「そ……それは……」

可哀想に、まだ幼い忠賢は泣きそうな顔で戸惑っている。呂芙蓉の言うことを聞けば、詩雪が困ると分かっているから素直に頷けないのだ。

まだ幼く優しい忠賢には、今の板挟みの状況は辛すぎる。

詩雪は手に持っていた袋をひっくり返し中身を地面に転がす。

様々な生薬に、桃もあった。

今日は珍しく、薬殿に桃がいくつか置かれていたのだ。桃は詩雪の母の好物。これを持っていけば母も喜ぶだろうと、そう思った。

「ふん、やはり薬殿からくすねておったか。公主たるものがこそ泥のような真似をして恥ずかしくないのかのう」

詩雪は呂芙蓉の言葉に、唇を噛んだ。

詩雪達親子に薬が届かないのは、呂芙蓉の差金《さしがね》だというのに。後宮の宮女や宦官達は皆、呂芙蓉の怒りを買うのを恐れて、詩雪達親子を遠ざけているのだから。

だが、今は喧嘩を買っている場合じゃない。母親と異母姉の板挟みになっている忠賢の心を救わねば。

詩雪は右足を上げ、そして降ろした。

「あ、姉上……!?」

驚いたような忠賢の声を聞きながら、詩雪は桃を木靴で踏み潰す。

(ああ、もったいない……)

ぐにゃりとした感覚が足裏から伝わる。

「寛大な呂妃様がこれで許してくれるらしい。忠賢もやっておけ」

詩雪の言葉に、忠賢は目を見開いた。その目にみるみる涙が溜まって、そしてぎゅっと目を瞑るのと同時に溢れていく。

「ごめんなさい、姉上。ごめんなさい、ごめんなさい……」

泣き声を噛み殺したような声で忠賢はそう言うと、詩雪と一緒になって、桃や生薬を踏み潰した。

「ああ、母上の大好きな桃を持っていこうと思っていたのに、全てだめになってしまった……」

詩雪がそう言って嘆いて見せると、呂芙蓉は満足そうな笑声をあげた。そして忠賢は一瞬驚いたような顔で詩雪を見て、そしてすぐに地面に視線を戻す。

（それでいい……）

こんなことで忠賢が苦しむことはない。

詩雪が、地面の土をつけてドロドロに汚れていく桃と生薬を眺めてから顔を上げると、高みの見物とばかりにニヤついた笑みを浮かべる呂芙蓉が見えた。

どうして、自分には王の子ならば誰もが持つはずの『嘘を聞き分ける力』がないのだろうか。

何度思ったかわからない疑問が、また頭に浮かんでいく。

詩雪は、母のいる宮へと戻ってきた。

忠賢が泣きながら桃や生薬を踏み潰す様と落ち込む詩雪を見て、呂芙蓉は満足したらしい。あのあとあっさりと解放された。

詩雪は木靴についた汚れを手巾で綺麗に拭い取ると、母のいる寝台に向かう。

「母上、起きていらっしゃいますか？」

「あら、詩雪公主、戻ってきたのね。起きているわ」

詩雪の母はそう言うと、寝台の上でゆっくりと上体を起こした。

かつて後宮一の美姫と呼ばれていた母の美しさは、病がちになっても健在だ。顔つきは少しやつれてはいるものの、黒髪は星空のようにきらきらと輝き、肌は少し白すぎるが、それもまた彼女の儚い美しさを強調しているかのようだった。

「見てください。母上、この立派な桃を！」

そう言って、詩雪は袂《たもと》から桃を取り出した。

先ほど全て踏み潰されたと思われた桃だったが、詩雪はそんな時のために一部を袂に隠し持っていた。ちなみに生薬の一部もちゃっかり確保している。

せっかく手に入れた桃が、忠賢に踏み潰されて落ち込んでいるように見せたのは、ああでもしないと呂芙蓉がうるさいと思って、そういうふりをしただけである。

嘘を聞き分ける力を持つ忠賢も、詩雪が『母上の大好きな桃を持っていこうと思っていたのに、全てだめになってしまった……』と嘆いた言葉に嘘を見つけ、無事な桃があることに気づいたはずだ。

「まあ、私の好きなものね。……でも、どうやって手に入れたの？」

「母上の体調を心配した後宮の者達が是非にと。こちらの桃はただの桃ではなく、なんと仙人が愛好する仙桃だというのです。食べればたちまち母上の体調も良くなりましょう！」

詩雪は大ぼらを吹きながら母に桃を渡した。

後宮の者達が母の体調を心配しているというのも、仙桃だというのも全て嘘。大好きな母に心配をかけたくない。王后でありながら後宮の者達から見向きもされていないなどと思わせたくなくて、詩雪は嘘を重ねていく。

だがその嘘はあまりに脆い。

詩雪の母は悲しげに微笑んだ。

「……ありがとう詩雪。そしてごめんなさい。私が不甲斐ないばかりに貴方にばかり心労を掛けてしまう」

「わ、私は別に、心労なんて……」

詩雪の嘘など、全て分かっているという眼差しに、思わず詩雪は口籠る。母は受け取った桃を寝台の横に置くと、詩雪の手をとった。

「どうか私のことは気にしないで。私のために嘘はつかなくてもいい。誠実にもとる行いはして欲しくない。貴方は、優しく賢くて……私の誇り。どうか誠実に生きて」

「……誠実？」

思わず詩雪は目を見開いた。喉が乾いてうまく声が出ない。母には全てばれている。

母に嘘をついたことも、時折、薬殿から生薬を盗み出していることも。

真っ直ぐ射竦めるように見る、母の眼差しが強くて目をそらしたいのにそらせない。

「誠国は、誠実であることを最上の美徳とする国。四凶の一匹である欺瞞の窮奇を調伏した建国の始祖様、誠円真君は、とても誠実なお方だった。かのお方は誰よりも誠実で、それ故始祖様の前では誰も嘘偽りを言うことはできなかったのです。詩雪、どうか貴方も始祖様のように誠実に生きて」

「……そんな、こと、言われても」

詩雪は母の言葉をうまく飲み込めない。

誠実でいれば、本当に幸せになれるのだろうか。体の悪い母のための薬はどうなる？

誠実で何も汚れを知らぬままでは、やがて惨めに死に絶えていく未来しか、詩雪には見えない。それに……。

「始祖様は、仙人だ……嘘だって聞き分けられる。始祖様が誠実だから周りは嘘を言わなかったのではない。仙人で、嘘を聞き分けられたから、周りは嘘を言えないだけだ。私は、だって……」

誠国の王の子で、仙人の血を継いでいるはずなのに、詩雪には嘘を聞き分ける力がない。絶望的な現実に、詩雪は目を伏せた。

「いいえ。力など関係ありません。始祖様が誰よりも誠実だったからこそ、周りも誠実であろうとしたのです。詩雪、私はおそらくもう長くはない」

「……！　そんなこと！」

「いいのです。自分のことは自分が一番よくわかります。私はそれを受け入れていきます。でも、貴方を一人残すことだけは……」

そう言って、言葉を詰まらせた。

詩雪が顔をあげると、目を潤ませた母がいた。

「詩雪、誠実でありなさい。私がいなくとも、貴方が誠実であれば、いつか貴方の周りには貴方に誠実な者達が集まってきます」

母の言葉を素直に受け止めるには、幼い詩雪は人の汚い部分を見過ぎてしまった。人の悪意や敵意を、当たり前のように浴びて生きてきたのだ。

大体にして誠実を美徳とするはずのこの誠国に、真に誠実なものがいただろうか。王である父ですら、詩雪達親子に不誠実だったではないか。

唯一、誠実だと思えたのは、母だけだ。汚れなく、真っ直ぐに生きてきた。だがその母は、汚名を着せられ、後宮で肩身の狭い思いをし、誰にも見向きもされないままその儚い命を終えようとしている。

誠実に生きて何になると言うのだろう。失われていくばかりではないか。

「ああ、私の可愛い詩雪。どうか、どうか、誠実に生きて……」

そう言って、母は詩雪を抱きしめた。抱きしめられる直前、詩雪は、母の頬に涙が伝うのをその目に見る。

死期を悟ったかのような母の言葉は、詩雪の中で重たく響く。だが、幼い詩雪には全てを飲み込むことはできない。

詩雪は誠実さというものを理解できぬまま、涙に濡れる母を慰めるために力なく頷いた。

そして五日後、詩雪の母は帰らぬ人となった。医官の話では、流行り病のせいだろうということだった。

生きている間は、医官にどれほど頼んでも診てもらえなかったのに、死んだら診てもらえるらしい。

やはり詩雪には、誠実に生きて欲しいと願った母の言葉を素直に受け取ることはできそうになかった。

第一章

かつて人々は、四匹の凶獣によって苦しめられていた。

人々を憐れんだ天界の頂点である天帝は、四人の仙人を人間界に遣わした。

仙人らは四匹の凶獣を調伏し、その地に国を興した。

悪意を振りまく凶獣・渾敦《コントン》を封じた地に善国《ゼン》、欺瞞を引き起こす凶獣・窮奇《キュウキ》を封じた地に誠国《セイ》、憤怒で理性を奪う凶獣・檮杌《トウコツ》を封じた地に寛国《カン》、限りない欲望を生み出す凶獣・饕餮《トウテツ》を封じた地に節国《セツ》。

国を興し、仙人の子孫達は王となり、封印を守り続けている。

しかしその均衡が、秩序が、崩れようとしていた。

「何!?　寛国の奴らが、詩雪との婚姻を断り、こちらを攻め滅ぼしにきていると言うのか!?」

第三十七代誠国の王・誠浩然《セイコウネン》は、玉座の間にて声を荒らげた。

玉座にいながら頭を抱えて唇を噛み締める浩然には苦悩が見える。

どうやら今日、珍しくも詩雪が父に呼ばれたのは、寛国の若き王との政略結婚が破談になった故らしい。

荒ぶる王に怯えるようにしてその場にいるもの達の多くがびくりと肩を震わせた。

詩雪らがいる場所よりも一段高い所にある王太子の席に座る忠賢も同じように怯えた様子だった。

詩雪は、懐かしい気持ちで忠賢を見る。

久しぶりに間近でみる忠賢は、十一歳となり体はすっかり大きくなったが、どこかおどおどとしていて自信が無さそうに俯いている。

四年前に詩雪の母が亡くなってから、忠賢と接する機会が減った。それまでは比較的自由を許されていた忠賢だったが、母親である呂芙蓉の締め付けが強くなり、気軽に詩雪に会いに来られなくなったようだった。

詩雪としても忠賢に会いたかったが、呂芙蓉の目を盗むのは難しかった。

「陛下、なんとお労しいこと。お気持ちをお察しいたしまする」

詩雪が忠賢に気をとめていると、派手な赤紫の衣を着た呂芙蓉の猫撫で声が耳に入った。嘆く王に寄り添って背中を撫でる。

その様を詩雪がさめた目で見つめていると、呂芙蓉と目があった。明らかな嘲りを込めた視線が詩雪を見下ろしていた。

四年前に詩雪の母親である王后が亡くなり、呂芙蓉が王后に立った。名実ともに、後宮の支配者となった呂芙蓉に詩雪はこの四年間、今まで以上に虐げられて生きてきた。

「まったく、王の力を持たずに生まれただけでは飽き足らず、他国への縁を繋ぐことさえできぬとは、なんとも役立たずよのう」

今日も今日とて、詩雪に対する言葉は辛辣だ。

怯えを見せたくない詩雪は、呂芙蓉を睨む。しかし、呂芙蓉は怯むどころか、睨むことしかできない詩雪を見て楽しんでいるかのようだった。

「……全くだ。本当に。残念でならん」

詩雪は、呂芙蓉に怒りという熱を燻《くすぶ》らせていたが、父である王の言葉に気持ちが一気に冷めていく。

恐る恐る父に視線を移せば、忌々しそうに詩雪を見る父と目があった。

(やはり、父上も、私のことはどうでも良いらしい……)

そんなこと分かりきっていたことなのに、目の前で態度で示されると堪《こた》えるものがある。

「陛下、いかがいたしましょう。このままでは、寛国との戦になります」

臣下の一人、齢五十を過ぎていまだに誠国最強の将軍と言われる張英角《チヨウエイカク》がそう王に尋ねる。

「……この戦、勝てると思うか」

王のうめくような問いかけに、張は顔を曇らせた。そして躊躇いがちに口を開く。

「兵の数にそれほどの差はありませぬ。ですが……憤怒の凶獣檮杌の術に掛かった寛国の兵士どもは、皆、恐れを知らぬ化け物。先の寛国との小競り合いでは、白目を剝き泡をふきながら襲いかかる寛国の軍勢に、誠国の軍は蹂躙されました。生き残った兵も、恐怖に心を壊され使い物にならぬ有様」

そう答える張の声は震えていた。大きな体軀に白髪混じりの立派な髭を蓄えた張将軍が、脂汗を滲ませながら微かに震えているのだ。それこそが寛国の兵の異常さを物語っているようで、話を聞いただけの詩雪も思わず青褪めた。

詩雪らの住む誠国が欺瞞の凶獣窮奇を封じているのと同じように、他の三国もそれぞれ凶獣を封じている。

戦を仕掛けてきている寛国は、憤怒の凶獣檮杌を封じている。いや、封じていた。何を思ったたか、今の寛国の若い王は、封じていた憤怒の凶獣を解き放ったのだ。そしてその獣の力を使って、兵をあげた。他三国を支配し、一つの国の王にならんがために。

憤怒の凶獣檮杌の術に掛かった者は、憤怒によって理性を奪われ、ただの一兵卒ですら恐れを知らぬ無敵の戦士となる。

東にある節国は、寛国の猛攻にすでに陥落していた。

次は、誠国の番だ。誠国は慌てて寛国と同盟を結ぼうと詩雪との婚姻を提案したが、それもはねつけられた今は、もうなす術がない。

あまり政には詳しくない詩雪ですら、誠国はすでに陥落した節国と同じ運命を辿るしかないように思えた。

「恐れながら、陛下、私めに良い考えがありまする」

重く沈黙したその場に相応しくないどこか明るい呂芙蓉の声が響いた。

赤い紅を塗った唇の口角を上げて妖しく微笑んでいる。

「考えだと……？」

「はい。相手が、凶獣を使うようならば、我らも使えばよいではありませぬか」

呂芙蓉の提案に、虚を突かれたように浩然は目を瞬かせた。

「我らも使う、というのはつまり……」

「封印を解けば良いのです。寛国の奴らが強いのは、凶獣を従えているから。ならば妾達もそれに倣えばよろしかろう？」

「そんな、こと……」

「妾は知っておりまするぞ。この城の地下に、四匹の凶獣の一角、欺瞞の窮奇が封じられておるのじゃろう？」

「王后様！　それは危険が過ぎます……！　寛国がどのようにして凶獣を従えているのか分からぬというのに……！」

思わず声を上げたのは張将軍だ。人の弱みに付け込み、嘘偽りを用いて心を惑わし破滅に追い込む凶獣窮奇の恐ろしさは、誠国の誰もが知っている。

「だまりゃ！　ならば他に良い策はあるのか！」

呂芙蓉の一喝に張将軍は口をつぐみ、詩雪も思わず唾を飲み込んだ。

凶獣を解き放つなどありえないと思うのと同時に、癪ではあるが誠国が滅ぼされないためにはそれしかないようにも思えた。

しかし決定を下すのは詩雪ではない。

詩雪は父王に視線を移す。

王浩然は、苦渋の表情を浮かべていた。

このまま寛国の猛攻に慌てふためくだけか、それとも凶獣を解放するか。王の決定に国の未来がかかっている。

「確かに、このままでは国は滅ぼされるだけだ……だが、凶獣を解放して、獣の力を使役できるとは限らない……」

王の口から弱気な声が漏れる。呂芙蓉は苦しむ王の隣で微笑んだ。

「何をおっしゃいますやら。偉大なる陛下のお力があれば、凶獣などたやすく手懐けられましょう」

呂芙蓉の甘い言葉に、浩然は微かに横に首を振った。

「だめだ。世代を経るごとに、王族にのみ伝わる神通力は弱くなってきている。……私では、窮奇は御しきれん」

蒼白な顔色となった浩然は吐き出すようにそう言うと、詩雪に視線を向けた。その瞳にどこか憎しみのようなものを感じた詩雪はびくりと肩を震わせた。

「現に、我が娘は『嘘を聞き分ける力』を持たずに生まれてきた。まるで私の神通力のなさを見せつけてくるかのように」

父のその言葉に、詩雪は分かってしまった。

浩然が、詩雪やその母を冷遇したその理由が。浩然には、力がなく生まれた詩雪が、己の力のなさをまざまざと見せつけてくる存在に見えていたらしい。王としてあらねばならない浩然にとって、それは辛いことだったのかもしれないが、詩雪達に対してあまりにも身勝手で理不尽な恨みだ。思わず詩雪は拳を握る。

優しい母は、どれほど冷遇されようと父を責めはしなかった。信じていたのだ。

(こんな奴のために……)

この世のあらゆる悪い言葉を用いて、浩然を責め立ててやりたかった。

だが、ふと母の『誠実に生きて欲しい』という言葉が脳裏に過《よ》ぎる。今のどす黒い感情を抱く自分は、誠実とはかけ離れた存在のように思えてならなかった。でも……。

(誠実に生きて、何になるというのだろう……)

誠実だった母は、王后でありながら後宮の者達には見向きもされず、儚く散っていったではないか。

「陛下、どうしても凶獣を解放しないと？」

どこか楽しげな呂芙蓉の言葉に、ハッと詩雪は我にかえる。

凶獣を解放しないと決めた浩然に不満があるのか、どこか冷たい視線を向けている。

（あの女も父も、みんな死んでしまえばいい。こんな国、滅んでしまえば……）

詩雪がそう思って、憎しみを滾《たぎ》らせたちょうど、その時だった。

「う、ガハ……！」

父のうめき声が聞こえた。

詩雪は思わず目を見張る。目の前に信じられない光景が広がっていた。

浩然の胸の辺りから衣が赤く染まっているのだ。そしてその胸には、短剣が突き刺さっていた。剣の柄を握るのは、呂芙蓉。

呂芙蓉が、浩然の胸を剣でついていた。

「な、なぜ、こんな……ことを……！」

口から血を吐きながら、真っ赤な目を見開いて浩然が疑問をこぼすも、呂芙蓉は笑うだけ。

「へ、陛下ぁあああ！　己、血迷うたか！　王后！」

一番に我にかえったのは、膝をついていた張将軍だ。

王の元に向かおうとしていたが、他の兵士の槍で前の道を塞がれ数人がかりで動きを封じられた。

「お前達！　何をする！　陛下をお守りせねば！」

張将軍の怒号にも、槍を構えた兵士は動じない。その兵士らを見て、張将軍は目を見開いた。

「お、お前達……!?　誠国の兵士ではないな!?」

張将軍の言葉に、その場で起きた出来事に未だ呆然としていた詩雪は息を呑む。

（誠国の兵士でないとしたら、まさか……）

詩雪が呂芙蓉に目を向けると、呂芙蓉は真っ赤な唇で弧を描いて笑っていた。そしてゾッとするほど美しい呂芙蓉の足元には、胸を刺されて絶命した浩然が倒れている。

思わず、詩雪は口元に手を置いた。死んでしまえばいいと思っていたのは確かだが、実際に血に濡れた浩然の姿を目の前にしたら、自分がどう思っていたのか、わからなくなってくる。

決して、浩然の死を悲しんでいるわけではない。だが、心の底から喜んでいるわけでもない。

「血が付いてしもうたか……」

あんまりな惨状に声を失う詩雪に引き換え、呂芙蓉はいつも通りの様子だった。衣についた血を嫌そうに見て、何事もなかったかのように椅子に座った。少し前まで王である浩然が座っていた玉座に。

「この女狐めがあああ！　全てお前の差金かぁあああ、ぐ……！」

囚われながらも呂芙蓉に怒りを向けていた張将軍だったが、途中で兵士に槍の柄で頭を横から殴られて倒れた。そしてそのまま動かなくなった。

呂芙蓉はつまらなそうに自身の爪を眺めながら口を開く。

「息があるようなら牢に入れよ。何かに使えるかもしれぬからの」

興味なさそうにそう言うと、兵士達は張将軍を引きずりながら広間から出て行った。

呂芙蓉は先ほどから震えるばかりで身動き一つできていない忠賢についと視線を移した。

可哀想なほどに青ざめた忠賢の肩がびくりと跳ねる。

「我が息子、忠賢よ。見ての通り、愚かな王は死んでしもうた。こうなった以上、次の王はそなたじゃぞ」

妙に甲高い声。詩雪の背中がゾワリと粟立つ。

これから楽しいことがはじまるとでも言いたげに、呂芙蓉は舌なめずりすると再度口を開いた。

「王として、欺瞞の凶獣窮奇を解放し使役せい。お主は『嘘を聞き分ける力』を持つ正統な王じゃ。お主ならば、窮奇を屈服させることができようぞ。嫌だとは言うてくれるなよ？　言えばどうなるか……聡いそなたなら分かろう？」

　呂芙蓉の言葉はほとんど脅しだった。言うことを聞かねば殺すと言っているのだ。先ほど殺された浩然のように。

　詩雪は奥歯を噛み締めてから口を開く。

「騙されるな、忠賢。王の力を持つ忠賢を殺せば、一生窮奇を使役することはできなくなる。あの女は忠賢を殺せない」

　詩雪の言葉に、忠賢の視線が詩雪を捉える。そして震えるばかりだった忠賢の目にかすかに光が戻ると、わずかに頷いて呂芙蓉に視線を戻した。

「は、母上……何故、このようなことを？　どうして、父上を殺めたのです？」

「これも誠国のためじゃ。窮奇を従えねば、誠国に未来はない。そなたの父のことは残念じゃったが、国のためにはしかたのないことよのう」

「う、嘘だ。母上の言葉には嘘がある。母上は国のために、したんじゃない……！」

　悲しそうに忠賢がそう声に出すと、呂芙蓉は不快気に顔を顰めた。

「……あーあ、嘘が聞き分けられるとは、本当に王族というのは面倒よのう。いいか、忠賢。お前は大人しく妾の言うことを聞いておれば良いのじゃ。お前は、妾が腹を痛めて産んだ……妾の道具なのじゃからのう」

「は、母上……」

自身の息子をはっきりと道具と言い捨てた呂芙蓉に、忠賢は言葉を失ったようで悲しみに顔を歪めた。

詩雪は悲しむ忠賢を見てこの世の理不尽の全てに呪詛を吐き出したくなった。こんな女が生きていて、どうして詩雪の母が死なねばならなかったのか。詩雪は青筋をたてながら口を開く。

「呂氏、そこまではっきり言えるなら、今回のこともはっきり言えば良いのでは？　国のため？　違うだろう！　馬鹿馬鹿しい。お前はいつも自分のためにしか動かない。王を殺したのも、窮奇を従えさせようとしているのも、全部自分のためだ！　それにここにいる兵士どもは、寛国の者どもだろう？　お前は、王后という立場でありながら寛国と通じていたというのか？」

詩雪の声は広間を震わせた。

今まで詩雪など眼中にないと言わんばかりだった呂芙蓉の視線が向けられる。

「なんの力もないグズがよく吠えよる。しかしその推察は正しい。そうだ、妾はすでに寛国と通じておった。それで取引をしたのだ。大人しく属国に下るように場を整える代わりに、妾をそれ相応の地位につけて欲しいとな。誠国の王に、寛国とのつながりが見破られぬよう振る舞うのはなかなかに骨が折れた。嘘となるものは決して口にできぬからな。まあ、あやつが妾に外の話をすることなどほとんどなかったが」

素直に話してくれたのは意外ではあったが、呂芙蓉の話は予想通りのもの。

詩雪は苦々しい気持ちで口を開く。

「愚かな。前々から、お前の愚かさは分かっていたが、それほどだったとは思わなかった。窮奇を解放しようとしたのは、寛国の命か？」

「いいや。寛国はそのようなことは言うておらん。ふふ、これは、妾が決めたのだ」

「……どういうことだ？」

「よく考えてみよ。確かに、寛国に従っていれば、それなりの地位は得られるかもしれぬ。だが、それは本当にこの美しく賢い妾に相応しい地位じゃろうか？　……それよりも全ての国を支配する王者という地位こそ、妾に相応しかろう？」

そう言って、自分に酔いしれたような顔をした呂芙蓉は両手を広げた。

まだ何もできていないというのに、まるで全てを治める王者にでもなったかのようなはしゃぎよう。思わず詩雪に侮蔑の気持ちが湧き起こる。

「……自惚れが過ぎる化け物め。つまり窮奇を解放しようとしたのは……凶獣の力を手に入れ、寛国を、いや他三国全てを滅ぼし支配するためということか？」

「さよう。妾は万物に愛されておる。必ず最後は妾の良いように世界は回っておるのじゃ。今までもそうじゃった。そなたの母が死んだのもな、実に愉快であった」

呂芙蓉はそう言っていやらしい笑みを浮かべる。

母の死を、愉快などと言う呂芙蓉が憎らしくてたまらない。だが、冷静さを失えば呂芙蓉の意のままのような気がして、その憎しみをどうにか詩雪は噛み殺す。

「窮奇を使役するのは、忠賢であってお前じゃない。お前は、王になどなり得ない」

「忠賢は妾の道具じゃ。忠賢が使役する力は妾の力ということじゃろう？」

当然のように自身の子を道具と言い切る呂芙蓉に、虫唾が走る。

「……凶獣をそう簡単に使役できるものか。もし凶獣を解放して使役に失敗すれば、誠国の民達はどうなる」

詩雪がそういうと、呂芙蓉は面食らったような顔をした。そんなことを言われるとは思ってもみなかったというような顔だ。そして間もなくして、呂芙蓉はぷっと吹き出すようにして笑った。

「クク、誠国の？　民……？　何を言うかと思えばそんなもの……どうなっても構わぬではないか」

「どうなっても、構わない……？」

「妾は妾が幸せならそれで良いのじゃ。もし万が一、窮奇を思うように使役できなかった場合は、大人しく寛国に泣きつけばよい。愚かな誠国の王が寛国の王を真似しようとして失敗したとな。寛国の王は、凶獣の一匹檮杌を使役しておるし、なんとかしてくれるじゃろうて」

つまり、窮奇の使役が上手く行っても行かなくても、呂芙蓉にはどちらでも構わないということらしい。

（愚かな……！）

かつて窮奇は、その欺瞞の力で人々を惑わせた。人々を騙して自死に追い込むこともあれば、愛するもの同士で疑心を抱かせ殺し合わせていたとも言う。

窮奇が封じられてからすでに千年近く経過しているが、それほどの災厄を呼び起こした存在に対する恐怖を誠国の人々は忘れていない。

封印が解かれたら、どうなるのか。考えるだけで恐ろしい。

しかも呂芙蓉は、使役に失敗した際には、忠賢に全ての責任をなすりつけて寛国に泣きつくつもりだ。自分だけは助かる道を残している。あまりにも身勝手な呂芙蓉に、腸《はらわた》が煮え繰り返りそうになる。

「ふう、少し喋りすぎたのう。寛国との繋がりも、窮奇のことも、何も言わぬつもりだったのじゃが、流石の妾も今日ばかりは興奮しているようじゃな。まあ良い。ここにいる寛国兵は、檮杌の力で理性を失うておる。聞かれても問題ない」

くつくつと愉快そうに笑う呂芙蓉を、詩雪はただただ睨みつけることしかできない。

それが悔しくて、目に涙が滲んでくる。

呂芙蓉はそんな詩雪をいやらしい笑みとともに眺めて愉しむと、今度は忠賢の方を見た。

「さあ、忠賢、窮奇のもとへ行こうぞ。妾の望みを叶えておくれ」

猫撫で声で忠賢に声をかける。

「だめだ！　忠賢！　その女の言うことを聞いてはいけない！」

「このうるさい小娘を捕らえよ」

呂芙蓉がそういうと壁際に控えていた兵士達が、詩雪を囲んだ。

「やめろ！　離せ……！　触れるな！」

押さえ込もうとしてくる兵士達にそう言って逃れようとしたが、非力な詩雪に抗う術はなく封じられる。どうにか顔だけ動かして、兵士を見ると、口から泡を吹き白目を剝いていて、思わず詩雪は瞠目《どうもく》した。

憤怒の凶獣・檮杌の術だ。理性を失う代わりに、人としてはありえない力を与える魔の力。

「母上！　姉上に乱暴はやめてください！　それに、僕に窮奇を従えられるとは思えません！」

「だまりゃ！　妾がやれと言うたのだから、お前はただ黙ってやれば良いのだ！」

「で、でも……」

「うじうじうじうじと、父親に似て本当に愚鈍になったわ。見ていると腹が立ってしようがない。大人しく言うことを聞かぬというのなら、あの小娘を殺してしまってもいいのじゃぞ」

「母上、何を言って……」

「忠賢！　耳を貸してはいけ、んぐっ！」

詩雪は囲んできた兵士に口を塞がれた。

（だめだ！　あの女の好きにさせてはいけない！）

忠賢に呂芙蓉の言うことを聞いてはいけないと伝えたくて、真っ直ぐ彼を見ながら必死で首を横に振る。

しかし、忠賢は詩雪が囚われている姿をみて、怯えや恐怖に瞳の色を濁らせた。忠賢は、許しを得るように呂芙蓉の足元に膝をついて、母の裾に縋り付く。

「母上、どうか……姉上だけは、どうか……」

「んんんんん！！！」

詩雪の命乞いをする忠賢を見て、詩雪は必死に訴えようとしたが、声が出ない。

呂芙蓉は、跪く忠賢をニヤリと笑って見下ろした。

「ならば、わかっておろう？　窮奇を解放し、使役するのじゃ」

呂芙蓉の言葉に、ただだまってこくりと頷く忠賢を目の前にみて、詩雪は絶望のあまり目の前が真っ暗になったような気がした。

（だめだ……！　忠賢では、窮奇を御しきれない！　このままでは、誠国は、寛国の侵略を待たずして、凶獣に滅ぼされる！）

詩雪は忠賢には無理だと、何故かそう確信していた。このままでは、誠国は最悪の道へと進むだろうと。

浩然や呂芙蓉がどうなろうと詩雪はどうでも良いと思えたが、それに民を巻き込むべきではない。

しかし、詩雪の必死の訴えは、誰の耳にも届かない。

欺瞞の窮奇を封じている地下に続く階段は、玉座の後ろの床に隠されていたらしく、呂芙蓉に命じられた兵が扉を持ち上げて地下へと続く階段を晒した。

呂芙蓉は最後に馬鹿にするような笑みを詩雪に向けてから、忠賢を伴って地下へと降りていく。

「んんんんん!!」

必死に逃れようとするが、女の細腕でそのようなことができるわけもなく、詩雪は二人を見送ることしかできなかった。

（いって、しまった……）

体の力が抜けていく。どうすることもできなかった自分の無力さが嫌になる。

ただただ呆然とする詩雪の前に、地下から一人の兵士が戻ってくると、手に持っていた槍の穂先を詩雪に突きつけた。

どうやら、呂芙蓉は詩雪の命を助ける気はないらしい。

詩雪には、こうなるだろうということはなんとなく分かっていた。何故なら呂芙蓉は、忠賢と会話する際に、はっきりと『詩雪の命を助ける』とは言っていなかったからだ。言えば嘘だと忠賢に見抜かれると分かって、あえて曖昧にして伏せた。

口元を他の兵士に押さえられていなかったら、詩雪は自嘲の笑みを浮かべたことだろう。

(母上、申し訳ありません。私はここまでのようです。私は結局、母上のおっしゃっていた誠実に生きるということの意味を、最後までわかることができませんでした)

詩雪は死を覚悟した。何もなせない人生だった。母の最後の言葉の意味さえわからぬままだった。

そして何もかもを諦めた詩雪が目を瞑った、ちょうどその時。

ドン！　と何かが壊れたような大きな音が響いた。

ハッとして詩雪が音のする方を見れば、大槍を持った張将軍がいた。

どうやら意識を取り戻し、寛国の兵士達を蹴散らしてここまできたらしい。

張将軍は、囚われた詩雪を見つけるとこちらに駆けてきて、周りの兵士をその大槍で一掃した。

「ちょ、張将軍、ご無事だったのか⁉」

兵士達の束縛から解放された詩雪は、張将軍の背中に隠れて周りの兵士達を警戒しつつそう声をかける。

「ふん！　問題ない！　不覚をとったが、途中で目が覚めて暴れてやったわい！　檮杌の術にかかっていようとも、所詮はただの兵士。この大将軍たるわしに敵うものか！」

張将軍は取り囲む兵士を威嚇するようにして大声で叫ぶ。その気迫は凄まじいものだった。

「それよりも公主。あの女はどこに⁉　それに、忠賢様は⁉」

「あの女は、地下へ向かった。四凶の窮奇を解放し、使役すると言って……止めなくてはならない」

「あの女の言っていた窮奇解放は本気だったのか⁉　地下への道はどこにあるのだ⁉」

張将軍に言われて、詩雪は玉座を指さした。

「玉座の後ろの床に、隠し扉がある。あそこから二人は地下へ向かった！」

追いかけて止めに行きたい。気持ちが焦った詩雪は、張将軍から離れようと一歩進むも、後ろ襟を掴まれて後ろに下げられた。

「公主、わしから離れてはいかん！　それに……もうここはだめだ。流石に敵の数が多すぎる」

張将軍に言われて周りを見れば、いつの間にか寛国の兵士達の数が増えている。騒ぎを聞きつけてここに集まってきたのだろう。

「……公主は、逃げるのだ」

「逃げる!?　そんなことできない！　このままでは窮奇が解放されてしまう！」

「だが、今の公主に何ができるというのだ!?　追いかけたとて無惨に殺されるだけであろう！」

張将軍はそう吠えると、詩雪を荷物のようにして脇に抱えた。

「な、何を!?」

戸惑う詩雪には一瞥もくれずに、ぬおおと叫びながら張将軍は走る。走りながら敵の攻撃をいなし、吹き飛ばし、怒濤の勢いで進む先には丸窓があった。大きさは大人が両腕で輪を作った程度のもの。窓には木の格子で独特な幾何学紋様が描かれている。

その窓の木の格子に張将軍は槍の穂先を突っ込み、砕いた。辛うじて、詩雪が通れるぐらいには穴が空く。

「公主、受け身はご自身でとってくだされ」

張将軍の言葉を聞いて、詩雪はハッとした。

（まさか……）

気づいた時には、すでに詩雪は張将軍に投げ出されたところだった。

往年よりは衰えたとはいえ、誠国随一の武人によって投げ出された詩雪は、勢いよく格子が壊された丸窓を通り抜ける。

頭だけはと咄嗟に腕で守りつつ、地面に投げ出された。

「ぐ……！」

一瞬息を詰まらせたが、投げ出された場所が草地だったために思ったほど痛くはない。それを見越して張将軍が投げ出したのかはわからないが。

「公主、逃げるのです！　もうこの国は終わったのだ！　貴方だけでも生きなされ！」

剣戟《けんげき》の音とともに、張将軍の声が聞こえる。

詩雪はよろよろと立ち上がった。

（この国は、もう終わり……？）

呆然と立ち尽くす詩雪は、一人でも寛国の兵士の数を減らそうと奮闘している張将軍を見た。

その向こうには、地下へと続く隠し扉があるはず。だが、あの兵士達の間を掻い潜って、詩雪がそこまでたどり着けるとは思えなかった。

『今の公主に何ができるというのだ!?』

先ほどの張将軍の声が脳内で響く。

詩雪だって分かっている。自分の力の無さは誰よりも分かっているのだ。

「お逃げくだされ!」

張将軍が乱暴にそう叫ぶ声が響いたのとほぼ同時に、寛国の兵士と目があった気がした。

詩雪は、思わず身を翻して駆け出した。このまま捕まるわけにはいかない。そう本能が判断した。必死に逃げようとする詩雪の耳に、寛国の兵士らが追いかけてくる足音が聞こえてくる。

(まずは内廷《ないてい》に向かう)

内廷、つまりは詩雪が幼い頃より住んでいる後宮だ。そこでなら、地の利が利くので、追いかける兵士どもを振り払えるかもしれない。

それに王后であった母親から、何かあった時のために外へと抜ける道を教えられている。

詩雪は、さまざまなことを飲み込み足の痛みを堪えて、ただただ駆けていくのだった。

「はあ、はあ……」

荒い息遣いのまま、詩雪はじりじりと後退した。白目を剝き、口から泡を吹く呂芙蓉の追手が三人、詩雪の目前に迫っている。

切り立った崖の上に逃げこんだ詩雪の背後からは、渓谷を流れる激しい川の音。あたりに身を隠すような木々もなく、風が強く当たる。すでに詩雪の身体は限界を迎え、足の感覚はない。今にも風に押されて倒れてしまいそうなのをどうにか堪えていた。

後ろは崖、前は呂芙蓉の追手。

無事に宮城《きゆうじよう》からは抜け出した詩雪だったが、呂芙蓉が放った追手は執拗に詩雪を追いかけてきた。

追手を撒くために人混みに紛れてみたが、理性を失っている呂芙蓉の追手は、周りにいる無関係な人々が傷つくことも構わず槍を振るって詩雪を追ってくる。

誰も巻き込まないためには、人のいない場所に逃げ込むしかなかった。故に宮城から遠ざかるように走って、走って……気づけばこんなところにまで逃げていた。

目前に迫る追手らは、武器になるようなものは持っていない。彼らは乱暴に槍を振りまわしたことが仇となって槍の柄が折れ、穂先が木に刺さって抜けなくなるなどして武器を失っていた。

それらは詩雪が必死で逃げながらもそうなるよう誘導した成果ではあるが、だからといってこれで優位に立てたわけではない。素手だとしても、相手は男三人。詩雪が敵うはずがなかった。

詩雪は追手らを警戒しながらちらりと後ろを見る。激しい水音をあげる渓流が遥か下に見えた。

(追手らを引きつけた上で避ければ……)

もしかしたら、追手らを崖下に落とせるかもしれない。

それが詩雪のわずかに残った望み。

檮杌の術のかかった兵士達は化け物のような力と体力を有しているが、動作が大雑把で隙が多い。それがここまで逃げてきた詩雪の気づいた、彼らの弱点だ。そこを突きさえすれば勝機がある。

追手の一人が、詩雪を捕らえるために腕を伸ばした。

(まだだ。まだ、もう少し引きつける……!)

今すぐにでも逃げ出したい気持ちを抑えて、ゆっくりと後ろに下がる。ちょうどその時だった。

ざわり。

突然、全身に鳥肌が立った。

ハッとして顔を上げる。先ほどまで晴れ渡っていた空の一部に、いつの間にか暗雲が垂れ込めていた。

（あの雲の下は宮城がある場所ではないか？）

突然鳥肌が立つほどの異様な気配、そして宮城の上空にのみ垂れ込めた重たい雲。それらが意味することを詩雪は分かってしまった。

「まさか、窮奇が解放されたのか……!?」

驚愕のために、詩雪は今自分が崖の端の方にいることを忘れ、大きく一歩後ろに下がってしまった。

あ、と思った時にはもう遅かった。崖の端ギリギリのところに置いてしまった足元の地面が崩れ、詩雪は体勢を崩す。

なす術もなく崖から落ちていく詩雪が最後に目にしたのは、上空に垂れ込める不吉な暗雲だった。

詩雪の人生で穏やかだったのは、三歳ごろまで。

微かにその頃の記憶がある。いつも近くに穏やかに微笑む母がいた。

王の子供は乳母に育てられるのが慣例だったが、詩雪の母は希望して自ら詩雪を育ててくれた。あまり認められないことだが、当時母を溺愛していた父王浩然は、それを許したのだ。

幼い記憶の中の父は、詩雪に優しかったように思う。

だが、詩雪に嘘を聞き分ける力がないと明らかになってから、父の優しさに触れた記憶はない。

「ん……」

まぶたに光を感じて、横になって寝ていた詩雪はうっすらと目を開けた。眩いばかりの光が詩雪の目を刺激して再び目を瞑る。小鳥達の囀りの声が聞こえた。

「もう、朝か……?」

ぼーっとする頭でそう呟き、再び詩雪はまぶたをあける。そこにはいつもの見慣れた天井があるものとばかり思っていたが、違った。

飾りけのない、少し苔むしたような木目の天井が見える。それに匂いも違う、草や土の匂いがする。

寝ぼけていたのが一気に覚め、体を起こそうとしたところで激痛が走った。

右腕に痛みを感じて、視線を向けると包帯が巻かれていた。

「これは一体……いやそもそも、ここは？」

いつもの後宮の寝所かと思えばそうではない。今まで見たことがない、木造りの家だ。しかも狭い。

今、詩雪が寝ている一人寝そべるのがやっとといった寝台と、机、椅子。部屋にはそれしか家具はないが、それだけで部屋の七割を占めている。

詩雪は、痛みに耐えながらゆっくりと上体を起こした。

（何故、こんなところに……私は何をして……）

混乱しつつも、どうにか意識を失う前のことを思い出そうとして、すぐに理由に行きあたった。

誠国の王であった父が殺され、呂芙蓉は息子である忠賢を脅して窮奇を解放しに行ったのだ。詩雪はその後殺されかけたが、張将軍に救われて、そして……。

「そうだ。後宮の外に出て、崖の方まで逃げて……」

追手を騙し討ちにしてやろうと思ったところで、宮城の上空に暗雲が垂れ込めた。

詩雪はそれに気をとられ、落ちてしまったのだ。

下は急流の川。助かるはずがないと思っていたが……。

「助かった、ということか？」

不思議な気持ちで、崖から落ちたにしては軽い怪我で済んだように見える自身の体を見る。

痛むのは、腕ぐらいだろうか。

「おや、どうやらお目覚めのようですね」

突然、知らない男の声が聞こえて、ハッとして起きあがろうとした。しかしその動作で、背中が少し痛んで眉を顰めた。どうやら腕だけでなく背中も痛めているらしい。

「あまり動かない方が良いですよ。まだ怪我は治っておりませんから」

穏やかな声は、先ほどの声と同じだ。

詩雪はその声の持ち主を視界に捉えた。

そしてその男のあまりの美貌に思わず目を見張った。すっきりとした輪郭に、神秘的な碧玉《へきぎょく》の瞳。珍しい銀色の髪は朝の光を受けて一本一本が宝石のように輝いている。

優しげに微笑む姿は中性的だが、高身長で体つきはしっかりと男性のそれだ。

「まさか、私は死んだのか？　ここは死後の世界？」

この世のものとは思えない麗人を見て思わずそう呟くと、男はプッと吹き出して笑った。

「ふふ、ここは死後の世界などではありませんよ。だって、詩雪様は死んでおりませんから」

そう言いながら、笑う姿も麗しい。

一瞬見惚れそうになるが、今は惚《ほう》けている場合ではない。

「死んでいないのだとしたら、川に落ちて助かったということか……？　そなたが助けてくれたのか？」

「はい、その通りです」

どうやら、詩雪の推測は正しかったらしい。

「それは……なんとお礼を申し上げればいいか。何か、謝礼を……」

と言って、懐を探ろうとしたら、今着ているものが今まで着ていたものと違っていることに気づく。藍色の簡素な服だ。

「申し訳ありません。もともと着ていたお召し物は、血と泥で汚れていたので私が着替えさせてしまいました」

「……え!?　着替え!?　そなたが着替えさせたのか!?　私を!?」

「ご安心ください。着替えさせた以外のことは何もしておりません」

「それは……まあ、そうだとしても……！」

詩雪とて年頃の娘。見知らぬ男性に裸を見られたかもしれない状態で、『ご安心』などできるわけがない。だが、助けてくれた男を責めるわけにもいかず、主に羞恥心などの諸々の感情をどうにか飲み込んだ。

「いや、そうだな、緊急だったし。そうか……感謝する」

「感謝など。もったいないお言葉。当然のことをしたまでです」

「ただ、そなたには申し訳ないけれど、謝礼として渡せるものを今の私は何も持ち合わせていないのだ……」

「いいえ、お礼など気にしないでください。私は貴方の下僕ですから。助けるのは当然のことです」

思ってもみなかったことを突然言われて、詩雪は眉を顰めた。

「げ、下僕……？」

詩雪は公主であったが、後宮内では冷遇されていたため、下僕などと言って支えてくれる宮女も宦官もいない。

「はい、そうです。詩雪様の愛の下僕です」

にっこりと笑って頷く男は冗談を言っているようには見えないが、だからこそなんだか怖い。

「待て。下僕などと何を言って……そもそもそなたは」

何者なんだと問いかけようとしたら、男の人差し指が詩雪の唇に添えられた。

突然のことにどきりとして思わず口を噤む。

「お互い、詮索するのはやめませんか？　詩雪様も知られると困ることがあるでしょう？」

妖しく笑う男にそう言われて、詩雪はハッとした。

確かに、詩雪の立場は、今はまだ危うい。後宮がどのような状況になっているか分からないが、宮中の実権を握っているであろう呂芙蓉に目の敵にされていることは変わらない。

もしかしたら今なお、兵士達は詩雪を捜し回っているかもしれない。いやその可能性の方が高いだろう。捕まれば、今度こそ命はない。身を隠さなくてはいけないのだ。安易に己の身の上を明かすわけにはいかない。

だが……この目の前の男が、呂芙蓉の手のものという可能性もある。

警戒するように詩雪が男を見ると、男は目を細めた。

「私は詩雪様の味方です。敵意があるのなら、貴方様が寝ている間に全てを済ませていると思いませんか？」

そう言われて、詩雪は戸惑いながらもそっと自身の包帯の巻かれた右腕を見下ろす。この包帯を巻いたのも、目の前の彼だろうか。

確かに、呂芙蓉の手下であるのなら、もうすでに詩雪の命はなかった。

しかし、だからといって彼を信じ切るには、抵抗感がある。この男は、なんというか、あまりにも胡散臭い。

「……何故私の名が詩雪だと知っている？」

「詩雪様が着ていた衣にそう刺繡されてましたから」

確かに、詩雪が着ていた衣には名が刻まれていた覚えがある。

だが、さきほどからの彼の少しねっとりとしたような口調がどうも苦手だ。なんと言えば良いのかわからないが、気持ちがざわつく感じがする。

詩雪が思案していると、男が詩雪の手をとって口付けを落とした。

「な、何を!?」

変な声を口からこぼしつつ、慌てて手を引っ込める。

詩雪は睨みつけてみたが、男は懲りた様子もなく笑みを浮かべた。

「詩雪様に幾久しくお仕えいたします。我が愛しき方。……私のことは晶翠《ショウスイ》とお呼びください」

この世のものとは思えないほど麗しく、そして胡散臭い微笑みが、そこにはあった。

第二章

詩雪が後宮から追われてすぐ、誠国は寛国の属国となった。寛国は誠国に対しある程度の自治を許し、そのとりまとめ役として誠国の王族である忠賢を据えた。

宮中の人事は様変わりし、特に武官のほとんどは寛国兵に替わった。

寛国から重い徴税を強いられた誠国の民は苦しい生活を余儀なくされ、町は物乞いをする誠国の民の姿であふれかえっている。

誠国は確実に、衰退していた。

そして誠国が寛国の属国となって、五年。

この五年間、詩雪は山で採った薬草を売って生計を立てていた。

最初は呂芙蓉の追手を警戒していたが、どうやら渓谷に落ちた詩雪についてはもう死んだものと見做してくれたらしく、刺客が襲ってくることもなかった。

隠れ暮らす詩雪は、宮中の内情にあまり詳しくないが、時折漏れ聞こえる噂話では異母弟の忠賢はお飾りの王として立てられ、実質的には呂芙蓉が宮中の実権を握っているらしい。

そして、肝心の四凶の一角である欺瞞の窮奇については、今なお謎に包まれたまま。

呂芙蓉の追手に追い詰められたとき、窮奇が解放されたことを肌で感じ取ったはずだったが、四凶の窮奇が暴れているという話は一度も耳にしたことはなかった。あの時のことは夢だったのではないかと思えるほど、解放されたはずの窮奇の気配が微塵も感じられない。

実は解放されていなかったのか、それとも忠賢が上手く手懐けているのか。

後宮を離れた詩雪に知る術はなく、それが歯がゆい。

「晶翠、戻った」

家に戻った詩雪は、ため息交じりで家人にそう声をかける。

一番近くの町に薬草を売りに行っていたが、今日も町では小さな子供や老人らが物乞いをしているのを見かけた。最近では物乞いをする気力すらなく、倒れ伏しているだけの者達も多い。

過酷な生活を強いられている誠国の民の姿を見るたびに、自分の無力さを思い知り、胸が痛んだ。

「おかえりなさいませ、詩雪様。ちょうど夕食の準備が整ったところですよ」

そう言って、笑顔で出迎えてくれた晶翠は、いそいそと詩雪の、薬草の入った大きな籠を預かってくれた。沈みかけの陽が窓から差し込み、詩雪を待ち侘びていた様子の晶翠の銀髪が橙色に染まっている。

この五年間、晶翠と名乗ったあの胡散臭い男と詩雪は、この家で二人で過ごしていた。

晶翠は不思議な男で、詮索を止められているというのもあるが、未だに素性も何も分からない。

ただ、詩雪の下僕だと主張し続け、ずっと甲斐甲斐しく尽くしてくれている謎の男だ。

詩雪自身、晶翠との奇妙な共同生活が、まさか五年も続くとは正直思ってもみなかった。

最初は怪我が治るまで、次は稼ぐ手段を見つけるまで。そう期限を区切っていたはずなのだが、なんだかんだとここまできてしまったのだ。

いつも完璧に美しい笑みを見せる同居人に曖昧に微笑み返した詩雪が、着ていた麻の外套を脱ぐと、臍まで伸ばした母譲りの艶々とした黒髪がまろび出た。

今の詩雪は十八歳。夜空をそのまま切り出したかのように輝く黒髪、肌は白く、端整な顔立ちは誰もが目を見張る楚々とした美しさを備えていた。

詩雪は水瓶の水で手を清め食卓に着く。蒸しあがったばかりの麵麭《めんぽう》と、香ばしい焼き魚の匂いが詩雪の鼻を刺激した。

「今日は、詩雪様の好きな鮎が手に入ったので塩焼きにしました。お気に召しましたら嬉しいのですが」

「ああ、ありがとう」

好物を前にうっとりしながらそう答えてからハッと顔をあげる。

「その、いつも本当にありがたいと思ってはいるのだが、あまり無理はしないでほしい。恩を返さなくてはいけないのは私の方で、このように尽くしてもらう謂れはない」

共に暮らす晶翠に家のことのほとんどをしてもらっている。炊事洗濯、そして食材の調達も。

今日の鮎に至ってもそうだ。

詩雪が薬草を採っている間に、猪や魚なんかを易々と捕まえて戻ってくる。しかも、料理の腕も一流。

彼がいなかったら、後宮育ちの詩雪はおそらくのたれ死んでいた。

「私が詩雪様に尽くすのは当然のこと。なにせ私は貴方様の下僕なのですから」

詩雪が何度も下僕にしたつもりはないと言っても、晶翠は下僕と言って憚らなかった。今では否定しても無意味と分かって何も言わなくなった。

「……そうか。その、私もある程度は家事を行える。疲れた時は言ってくれ。無理強いしたくない」

詩雪がそう答えると、晶翠は嬉しそうに頷いた。とはいえその頷きは決して詩雪に家事をお願いしたくて出たものではなく、詩雪が晶翠を気にかけていることが嬉しいといった意味である。今までも同じようなことは伝えていたが、晶翠は決して詩雪に何かをやらせようとはしなかった。

詩雪は、本当に彼には感謝している。しているのだが……。

(なんか、胡散臭いというか、胡散臭過ぎるというか……つまりは胡散臭いという思いが拭いきれない)

五年も一緒に暮らしているのに、『なんか胡散臭いな』と思った第一印象が払拭できない。

詩雪を呂芙蓉に売る気かもしれない、もしくは手籠にしようとしているのかも……などと最初こそ警戒していたが全て杞憂だった。ただただ晶翠は優しい。甲斐甲斐しく尽くしてくれるし、何もかもが甘い。

今まで何もないので何もないのだろうとは思うのだが、その底なしの優しさが、どうにも胡散臭くてたまらない。

(それとも人の親切に慣れてないから、優しくされると胡散臭く感じるだけなのか……)

人の親切を素直に受け止められない自身のさもしい感性のせいで、晶翠を胡散臭く感じるのだとしたら申し訳ない。

だが、怖いものは怖いのだ。それにこのまま晶翠に甘えて何もしなくなったら、詩雪はどんどんだめな人間になってしまいそうな気がする。いやなる。

（そういえば……）

ふと、詩雪は今日、町で聞いた後宮の話を思い出した。

今、町は誠国の王が後宮を開くために人を集めているという話で持ちきりだった。

つまりは異母弟である忠賢の後宮。

誠国は寛国の属国となったが、誠国という国の名前までは取られず王族も存続している。誠国の宮廷は、忠賢を王に据えていた。とはいえ、実権は呂芙蓉が握っているが。

正直、町で忠賢が後宮を開いたと聞いた時は冗談かと思った。

後宮というのは、王が血筋を残すためのもの。宗主国の特権のようなものだと詩雪は思っていたからだ。

誠国が、『誠実』を一番の美徳とするように、寛国では『寛容』を美徳としている。寛国の寛容さでもって、誠国の後宮が許されたのだろうか。

（……これは、いい機会かもしれない）

後宮から逃げてきて五年。

忠賢のことを思い出さない日はなかった。呂芙蓉に言われるがまま、四凶のいる地下へ進む、異母弟の背中が脳裏から離れない。

もともと、晶翠との生活をずっと続けるつもりはなかったのだ。ちょうどいい。

食事を終えると、詩雪は箸を置いた。

「晶翠、話がある」

「詩雪様のお話でしたら、どんなお話でも伺いましょう」

胸に手を置いて、輝かんばかりの笑顔を向けてきた。

晶翠は詩雪が話しかけると、どんなことでもこれ以上ない至上の話を聞くかの如く耳を傾けてくる。真っ直ぐ詩雪だけを見つめる様は、明らかに好意を寄せているような素振りなのだが、やはりなんか、それさえも胡散臭い。

詩雪は内心薄気味悪さを感じながらも、意を決して口を開く。

「その、そろそろここを出ようと思っている」

「……は？」

晶翠の笑顔が固まったが、詩雪は構わず続ける。

「今まで本当に、お世話になった。感謝してもしきれない。薬草を売って蓄えたものが少しだけある。是非受け取ってくれ。これまで受けた恩と釣り合っていると言えるか分からないが……」

「いや、ちょ、ちょっと、詩雪様、落ち着いてください。いきなりどうしたのです？」

「ずっと、考えていたんだ。いつかは晶翠から離れるべきだと。私のようなものがいれば、晶翠が誰かと夫婦《めおと》になりたいと思った時に邪魔にもなる」

「ふふ、またまた詩雪様はご冗談を。邪魔になるわけがないではありませんか。私は貴方様の下僕ですよ？　そもそも誰かと夫婦なんて……考えただけでゾッとしますね」

「ゾッとするのか……？」

「ええ、まあ。あ、いや、ゾッとするというのは言い過ぎかもしれませんが……その、もちろん詩雪様がお相手なら、至上の喜びですけどね」

「ん……？　晶翠は、私と夫婦になりたいのか？」

今まで、晶翠は決して直接的な言葉で詩雪を口説くことはなかった。出会った時に手に口付けをしたこと以外は必要以上の触れ合いもない。優しいは優しいのだが、夫婦になりたいと思っているのだと感じたことは一度もなかった。

「いや、夫婦になりたいわけではないです」

晶翠はすんとした顔でそう答えたが、すぐにハッとして慌てたように口を開く。

「あ、いや、なんと言いますか、夫婦など烏滸《おこ》がましいという意味で」

取り繕う姿がなんとも、怪しい。

ずっと胡散臭いやつだと思っていたが、やはり胡散臭い。

「とりあえず私はここを出る」

断固とした口調で言うと、晶翠が困ったように眉根を寄せる。しかしすぐに諦めたような笑みを浮かべた。

「お気持ちは確かなようですね。私では止められないようです。わかりました。詩雪様が行きたい場所へ、どこへなりとも」

そう言って頷いてくれた。意外とあっさり許してくれて、詩雪は少し拍子抜けした。もっと手間取ると思っていた。

「ありがとう。晶翠から受けた恩は忘れない」

「もったいなきお言葉です。さて、これから忙しくなりますね。私も荷造りしなくては」

「荷造り？　どこかに行くのか？」

「はい。詩雪様が行くと言うのですから、私も行かねばなりませんからね」

どうやら詩雪についてくるつもりらしい。

詩雪は顔がひきつりそうになるのを堪えて笑みを浮かべる。話は穏便に進めるに限る。

「残念だが、晶翠は連れて行けない。これから私が行くのは誠国の後宮。男子禁制なのだ」

早速とばかりに荷造りの準備を始めようとする晶翠に、詩雪がピシャリと冷たく言い放つと、彼は「え……？」と言って目を見開き固まった。

詩雪の目的は宮女として後宮に入ること。町で店の女将から話を聞いた時、良い機会だと思ったのだ。後宮に入れれば、外からではわからない宮中の様子が、忠賢のことがわかるかもしれない。

しばらく間があったが、晶翠は恐る恐るという感じで口を開く。

「つまり私に女装をしろと？」

「言ってない」

詩雪は晶翠の言葉にかぶせるように答えた。ここで曖昧な返答をしたら本当に女装してついてきそうだった。それに晶翠の女装ならば後宮に入れそうな気がしなくもないと思わせるところが恐ろしい。

「とりあえず、晶翠とはここでお別れだ。寂しくなる。達者で」

「そんな！　詩雪様！　後宮に行って何をするおつもりなのですか!?　私というものを置いて！」

夫の浮気を問い詰める妻のように責める晶翠の問いに、詩雪は口をつぐむ。

後宮に入りたいのは、異母弟の様子を知りたいからだ。

市井にいては宮中のことを知ることなどできない。異母弟が元気でやっているのか、呂芙蓉はどうしているのか、窮奇は解放されたのか。知るためには、後宮に入るのが一番手っ取り早い。

だが、そのことを晶翠には伝えられない。

詩雪が晶翠の素性を知らないのと同じように、晶翠も詩雪の素性を知らない。

それでも彼はなんとなくわかっているような気もしなくもないが。

「このままずっと晶翠に甘えて暮らすわけにはいかない。後宮で宮女として勤めてみたいと思っていたのもある」

「そんな……」

「そう気を落とすな、晶翠。年季は五年ほどだろうか。それが明ければ戻るかもしれない。多分」

しくしく泣く晶翠の肩にポンと片手を置いて励ますが、晶翠は恨めしそうな顔をして詩雪を見た。

「多分をつけないでください」

でも戻るかどうかわからないので、多分をつけるしかない。

詩雪の決心が固いことをようやく悟ったらしい晶翠が、はあと重ためのため息を吐き出した。

「私は所詮は詩雪様の下僕……。貴方が行くと言うのでしたら逆らえませんからね」

不満そうに、微かに唇を尖らせて晶翠は渋々といった形で受け入れた。

詩雪は、ははと乾いた笑いを浮かべてから「今までのこと、本当に感謝している」と短く告げた。

胡散臭い男ではあるが、彼のおかげで助かったのも確かなのである。

詩雪は改めて頭を下げた。


早速、詩雪は宮女として後宮に入った。

後宮に入るのは簡単だった。郊外を一人でうろうろしていたら、人攫いに攫われてそのまま宮女として後宮に売ってくれた。

思惑通りではあったが、若い娘と見るや否や問答無用で人を攫うやつがゴロゴロいるのだと思うと頭が痛い。異母弟に会ったら、宮女を増やすために無理やり攫うようなやつは即刻処分しろと言いたい気分だった。

詩雪は今、後宮の中にある広間にて、新しく入った宮女らとともに待機していた。

これから、一人一人の適性を見て、配属先を決めるらしい。

配属先一つで、これからの後宮生活の全てが決まると言っても過言ではない。力の強い妃付きの侍女になれれば万々歳だが、力の弱い妃の侍女となれば苦労が絶えない。それでも妃付きになれただけでも幸運だ。中には、肥溜め洗いや病人看護などの不衛生な持ち場に配属され、身体を壊して人知れず亡くなってしまうこともままあるらしい。

故に、ここに集められた宮女達は十五人ほどいたが、その誰もが不安そうに顔を俯かせていた。

詩雪にとっても、配属先は大事だ。

詩雪の目的は、弟・忠賢に会うこと。となれば、王族と接する機会を得やすい、妃付きの侍女が望ましい。

「ふーん、今回新しく入った宮女はこれだけ？　少ないわねえ。もっと連れてきてくれないと……」

静まり返った広間に、不満そうな女の声が響いた。どうやらこれから配属先を決める上司のお出ましのようだ。

詩雪は、その女の顔を窺い見てハッと目を見開いた。

どぎつい紅で彩られた唇に、くりっとした丸い目。素朴な顔立ちに似合わない厚化粧。

（あれは……佳玉《カギョク》……？）

呂芙蓉に仕えていた侍女である。

呂芙蓉に目の敵にされていた詩雪は、彼女にもひどい仕打ちをされたことがあるので、よく覚えていた。

とっさに詩雪は顔を下に向ける。

もし詩雪だとバレたら、命はないだろう。もともと、殺されそうになっていたのを逃げてきたのだ。

（……大丈夫。私だとは気づかれないはず）

後宮には、公主であった頃の詩雪を知る者がいるかもしれないので、詩雪は変装をしてきた。

輝くような黒髪は、薬草を使って少し赤茶色にした上で、くすませた。白い肌にも同じようにお手製の薬を塗って、日焼けして荒れた肌に。そして、そばかすなどを自ら描きたし、眉の形もかえ、化粧でまぶたを重たく見せている。

後宮にいたのは、十三歳、あれから五年経過しているのもあって、一見すれば公主だった詩雪とは気づかれない出来だとは思うが……。

「さあ、ここで三列にならびなさい！　そして一人ずつ顔をよく見せて！　貴方からよ！」

強めの口調で言われて、詩雪の心臓がどきりと鳴る。

しかし視線を向けると、どうやら言われたのは詩雪ではなく別の宮女だった。

周りが整列するために慌ただしく動いているのを見て、詩雪ものろのろと並んだ。

微かに顔を上げて佳玉の方を見ると、佳玉は宮女の顎を団扇《うちわ》で上に向かせてじっくりとその顔を検分していた。

（さすがに見過ぎではないか……）

思わず心中で苦言を呈す。変装は完璧だと思いたいが、あそこまでじっくりと見られるとなると気が気じゃない。

「貴方は、鼻がデカ過ぎない？　呂王太后様は、醜いものは嫌いなの。貴方はだめ」

一人の宮女の検分が終わったようで佳玉はキッパリとそう言い切ると、次の宮女の検分に移った。

佳玉の話ぶりを見る限り、現在王太后になった呂芙蓉の侍女を主に探しているらしい。

はっきりと『だめ』と言われた宮女は悲しそうな顔をしている。

（悲しそうな顔をする必要はない。あんな女の侍女になったら終わりだ）

詩雪は俯く新米宮女を全力で励ましたくなった。

「貴方はだめね。顔がなんだかいやらしいわ。貴方みたいな顔、呂王太后様は好まないの」

「いやね、なんか品がない。貴方もだめ」

「……ふーん。まあ、貴方は悪くないわね。ちょっと頬骨が高いのが気になるけど」

「髪の色が気に食わないわ。だめ」

佳玉は、次々と宮女の顔を見て回ると、合否の判定を下していく。

そしてついに、詩雪の番になってしまった。

佳玉が持つ団扇に、顎を下から押し上げられて顔を上げる。

瞳を軽くふせ、佳玉の言葉を待つ。

「なにこれ、肌が汚すぎるわ。問題外」

佳玉は、冷たくそう言い放つともう詩雪には興味を無くしたようで、次の宮女へと移った。どうやら化粧で肌荒れを表現した詩雪のお肌は不合格だったらしい。

詩雪は、ほっと息を吐き出す。側から見たらがっかりして肩を落としているように見えるだろうが、安心からの脱力だ。

それに呂芙蓉付きの侍女の道が絶たれたのも嬉しい。忠賢と会うためには、一番の近道だが、呂芙蓉の側で侍女として振る舞うのは耐えられそうにない。

後は適当に、他の妃の侍女にでもなれれば文句ないのだが……そうのんびり考えていた時だった。

「きゃ、きゃ――――！　な、何よそれ！　虫!?」

佳玉の悲鳴が上がった。

視線を向けると、佳玉が一人の宮女を指差して睨みつけている。

その宮女の方を見ると、胸のあたりにおいた手の甲に赤い虫がのっている。

（あれは、てんとう虫……？）

宮女の手には、七つ星の赤いてんとう虫がいた。てんとう虫がひょっこり抜け出そうとすると、宮女は慌ててそれを手で覆う。

「なんでそんなものを持っているの!?」

「先ほど、みつけて可愛かったので思わず捕まえてしまって」

宮女は、驚く佳玉に驚いた様子で戸惑いつつ答える。

「最悪よ！　さっさと処分しなさい！　そんなもの！」

「え!?　処分!?　そんな、可哀想なこと、私……」

と虫の処分を拒絶してみせた新米宮女に詩雪は感心した。

（すごい度胸だ……。だけど、このままでは……）

「私を誰だと思っているの！　後宮の宮女を束ねる宮女長であり、呂王太后様の側仕えよ！　そんな私に口答えしようだなんて、どうやら虫もろとも処分されたいらしいわね！」

詩雪が心配した通りの展開になってしまった。

てんとう虫を持った新米宮女は、思ってもみなかったらしい展開に、先ほどから「え、え」と言いながら戸惑っているばかり。

詩雪はあまり目立ちたくない。このまま見過ごすのが、一番良いのだと分かってはいるのだが……。

「まあ！　てんとう虫！　いいえ、てんとう虫様だわ！　こんなところにいらっしゃるだなんて、なんと縁起が良いことでしょうか！」

詩雪はパンと両手を合わせてから、明るい声でそう言った。

佳玉も含め、周りの視線が詩雪に集まる。

「宮女長様も、そう思われませんか？」

あっけに取られた顔をした佳玉にそう問いかけると、彼女はハッとして眉根を寄せた。

「な、縁起？」

「宮女長様も、ご存じかとは思いますが、誠国の宗主国たる寛国の国色は、赤でございます。そしてこちらのてんとう虫様も、赤」

そう言いながら、詩雪は新米宮女の手から自分の手にさらりとてんとう虫を移動させた。

「それに、てんとう虫のこの形をよくご覧ください」

自身の手の甲に乗ったてんとう虫を、佳玉がよく見えるように掲げる。

だれもが、詩雪の話に耳を傾けていた。

「てんとう虫の形は、瓢簞《ひょうたん》に似ているのです。憤怒の凶獣である檮杌を封じた寛国の大仙人は、瓢簞の形をした法器を扱っておりました。神聖なる赤色を纏い、偉大なるお方の法器と同じ形をしたてんとう虫様は、寛国では丁重に扱われるべき聖虫。てんとう虫様は、それはそれは縁起の良い虫として崇められているのです」

そう言って、詩雪はてんとう虫を地面に放した。

そして、てんとう虫を捕まえて怒られていた新米宮女の元へ。

「宗主国の文化については馴染みがないので当然ではありますが、無闇にてんとう虫を捕まえるようなことはよしたほうが良いでしょう。教養高い宮女長様は当然、てんとう虫が寛国で縁起の良い聖虫であることをご存じなので、あまりにも無防備にてんとう虫様を手中に収めていた貴方を窘《たしな》めたのですよ」

「そ、そうだったのですか？」

宮女は感心したようにそう言って、佳玉を見る。

「え？　あ、そ、そうよ。その通りだわ」

佳玉の見え透いた嘘に詩雪はにんまりと微笑んだ。

「やはりそうでしたか。では、ここは、ここにてんとう虫様がおられたのも、吉兆と捉えていただき、是非穏便なご判断をお願い申し上げます」

「ええ、そうね。そうしてもいいわ」

少し目を泳がせてから佳玉はそう答えた。

寛国の吉兆の印らしいてんとう虫のことを知らないなんてことを悟られたくなくて、早く会話を終わらせたいのだろう。詩雪の思惑通りだ。

ふうと詩雪は小さく息を吐き出す。

どうやら、この場はどうにか収まった。さすがに宮女生活一日目で、同僚が処分されるのを見るのは辛い。

（まあ、てんとう虫の話なんて、全部嘘だが）

堂々と嘘の話をしたなどと悟られぬように、「寛大なご判断、感謝申し上げます」などと言って詩雪は叩頭《こうとう》したのだった。


「やられたな。まさかここに配属されるとは」

疲れた顔でそう呟いて、詩雪はボロい平屋の建物を睥睨《へいげい》した。

今にも崩れ落ちそうな門扉には、「療養殿」と掠れ掛かった文字で書かれた看板が掲げられている。

後宮の宮女達に、どこに配属されるのが嫌ですか？　と問いかけたら一番に出てくる職場と言われる、宦官や宮女向けの医療所である。

いや、医療所とも言い切れない。ここは、何らかの病にかかったり体調が悪くなった宮女らが送られてくる場所。治療行為などは一切ないため、ここに送られたら最後、ほとんど死を待つだけと言われている。

（てんとう虫の件で、不興をかったかな……）

あの場はうまく誤魔化せただろうが、変な印象を残してしまったかもしれない。しかし、何もしなかったらあの宮女が処分されていたのだ。やるしかなかった。

「仕方がない。しばらくはここで頑張るしかないか」

そう呟いて、療養殿の扉を開ける。

開けた瞬間、むわっと埃とカビの臭いが鼻をついた。

「ごほ、ごほ……これが医療所？　これでは健康な人でも、病気になりそうだな」

文句を垂れ、鼻と口元を手巾で押さえながら奥に進む。

この部署には、確か上司にあたる医官が一人いると聞いていた。役職は療養殿長だ。名前は知らない。

「すみませーん。新人の莉雪《リセツ》が参りましたー。療養殿長様はおられますか？」

莉雪というのは後宮で使うための偽名だ。いかにも新人っぽく可愛らしい声を出しながら、扉を開けていく。

部屋の中には、数人の患者らしき姿があった。しかし、建物の大きさに比べると少ない。体を壊しても、療養殿には行きたくないと拒否する者達がいるという噂は本当かもしれない。

何箇所か部屋を見回っても療養殿長らしき者の姿は見当たらず、留守かと思って最後の部屋の扉を開けた。

部屋の中は、先ほど見て回った部屋より小さく、書簡や本が雑多に積まれているので、執務室のような印象を受ける。だが机はない。それと、酒臭い。床には酒瓶が転がっていた。

その様に、思わず眉を顰めてから遅れて気づいた。書簡と酒瓶に埋もれるようにして、長椅子に一人誰かが横たわっている。

（いや、死んでる……？）

思わず駆け寄って脈を確かめる。温もりはあるが、脈が弱いような気がして腕を見ると、脇の下にちょうど酒瓶が挟まれている。このせいか、と思って瓶をとって、そしてついでに倒れている者の顔を見て目を見開いた。

「まさか、李成……？」

佳玉に続き、かつて詩雪が後宮にいた時にも呂芙蓉に仕えていた者とこうも早々に再会するとは。

李成は、呂芙蓉に仕えていた医官だ。ちなみに、詩雪がよく生薬をかっぱらっていた薬殿の管理人でもある。

線の細い体に整った顔立ち、誠国では珍しい金の髪色は麗しく、宦官ながら後宮中の女達を魅了していた。

当時も権力者であった呂芙蓉の側仕えの医官にまで成り上がったのは、その美貌のお陰であると揶揄されていたものだが……。

詩雪は、改めて李成を見下ろす。

正直に言えば、当時の輝かしい美男子ぶりがかげを潜めている。

いや、顔の造作は整ってはいるのだが、暁の輝きと言われていた髪はぼさぼさとしていてみすぼらしく、何より頬が削げてやつれていた。

しばらく、李成の変わりように言葉をなくしていると、彼のまぶたが僅かに動き、目を開ける。宮中の宝玉と呼ばれていた青みがかった神秘的な瞳が現れた。

「あれ、ここは……。ああ、そうだった。寝台で寝るのが面倒で……」

と、李成はむにゃむにゃ寝ぼけながら言った後、すぐそばに詩雪を見つけて、目を見開いた。

「……だ、誰ですか？」

「……莉雪です。今日からここに配属されました」

「ああ……そういえば、今日は新人が来るという話が……。あ、あの、私は、李成と申します。この療養殿の長です……一応」

　一応というのはどういう意味だろうか。自信なさそうな顔でそう言われて、詩雪は空を仰ぎたくなった。

　まさか、上司にあたる療養殿の長が呂芙蓉のお気に入りの医官とは。詩雪の正体がバレていない様子なのは安心したが、なんとなく複雑だ。

「李成様、よろしくお願いします。あの、それにしても療養殿のこの有様は……失礼ですが、掃除などはされているのでしょうか？」

「あ、いえ……その、あまり人もこないし……いいかなと思いまして。あと、まだ、私、眠くて、もう少し寝てても良いですか？」

　と、無気力な笑みを浮かべると頭の後ろをかく。

　良いわけないが？　と強い口調で返しそうになって、詩雪はグッと堪えた。

「えっと、お待ちください。私の仕事は？」

「仕事？　ははは、そんなもの、適当で良いんですよ。診るにしても、薬や医療道具すら支給されません。ここは、私達官奴の墓場なのですから。まあ何かしたければ、ご自由にどうぞ」

世間を小馬鹿にしたような笑みで李成はそう言った。

その言葉に、詩雪は眉間に皺を寄せた。

「墓場？　墓場の意味をちゃんとご存じですか？　墓場とは死んだ者を埋葬する場所。……ここにいる患者達は、生きてます。まだ、死んでいません」

詩雪の言葉に、先ほどから腑抜けた顔ばかりしていた李成の表情が消えた。そしてしばらくして、苦々しげに口を開く。

「そのうち死ぬのです。一緒ですよ……」

李成はそう言ってまた横になって詩雪に背を向けた。どうやら言葉通りもう一眠りするつもりらしい。

（李成は、こんな人だったか……？）

詩雪が知らぬ間に、彼に何があったのかは分からない。詩雪が幼い頃、薬殿の管理人だった時は、こんな人ではなかったように思える。

周りには、その美貌で呂芙蓉に取り入ったと言われていたが、李成がちゃんと医療の心得のある人で、薬についても人一倍詳しいと詩雪は知っている。

そもそも、もともと呂芙蓉の侍医の地位にいたはず。後宮にいる医官の最高峰だ。

それなのに、今は後宮で最底辺と言われている療養殿にいるのは何故だ。

さまざまな疑問がよぎるが、問いただしたとしても答えてはくれないだろう。ならば、お

「療養殿長様は、先ほど『ご自由にどうぞ』とおっしゃってましたよね。

言葉通り、自由にさせていただきます」

詩雪はそう言って立ち上がると、その場を後にした。

詩雪の目的は、忠賢の状況を知ることだ。だが、情報を集めながらも療養殿の環境を変えるぐらいの寄り道をしたとて罰は当たらないだろう。

（まずは、このカビ臭い室内をどうにかしないとな……）

詩雪は、空気を入れ替えるためにまずは窓を開けるのだった。

療養殿に配属された詩雪は、働きに働きまくった。

まずは療養殿の空気の入れ替え。そして掃き掃除。一体何ヶ月掃除していなかったのか、中は埃だらけで掃いても掃いても埃が湧いてくる。

掃除と並行して、洗濯にも精を出した。養生している患者の服から寝具まで、あらゆる布ものは、熱湯につけてから揉み洗い。火を起こすための薪は支給されていないので、燃料となるのは無駄に広い療養殿の敷地内の庭に落ちている枯葉や枝だ。

洗濯がなかなか辛い。数日で手が荒れて、何をするにも指先が痛かった。だが、身の回りのものを清潔に保つことは何よりも大事だ。それは病弱な母のために奔走していた際に学んだことの一つだった。

詩雪は五年間、町外れの山中で暮らしてきた。薬草を採るために山を登るのは日課であり、体力には自信があるつもりだった。だが、その自信が今はもう脆く崩れている。

ずっと動き回って筋肉痛になったらしく、体の節々が痛い。それに、布で口元を覆っているとはいえ、埃を吸ってしまったために喉にも違和感がある。

「晶翠に甘えすぎていたのかもしれないな」

後宮から逃げた後、家の諸々は基本的に晶翠が行っていた。詩雪も手伝おうとしたことはあるが、晶翠は詩雪に家事をやらせなかった。

もう少し家事に明るければ、これほど辛く感じなかったのかもしれない。

すっかり夜も更けてやっと固い寝台に横になった詩雪の疲れきった呟きは、誰の耳にも届くことなく夜の闇に消えていく。

詩雪の寝所は、療養殿の一室を借りており、入ったばかりの下級宮女にしては珍しく一人部屋だ。なにせこの療養殿で働く宮女は詩雪ただ一人なのだから当然である。

洗濯も辛いが、特に辛いのはこの孤独かもしれない。

上司であるはずの李成は酒に溺れて詩雪と関わろうとしなかった。それに他の後宮の宮女達もそうだ。後宮の宮女らは、療養殿の宮女である詩雪を明らかに下に見ていた。

濁りきって鬱屈した後宮で働く宮女達にとって、見下せる相手がいるというのは娯楽に当たるらしい。詩雪に関わってくることはないが、遠目に見ては馬鹿にしたように笑ってくる。

別に仲良くしたくて後宮に入ったわけではないが、じわじわと心にくるものがあった。

『辛いのでしたら、帰りましょう。貴方のために、清潔な寝床に、温かい食事を用意してお待ちしていますよ』

ふと、ここで聞こえないはずの晶翠の声が聞こえた気がした。

ハッとして目を開けると、詩雪は晶翠と暮らしていたあの家にいた。慌てて服装を確認すると、下級の宮女であることを示す萌黄色の襦裙《じゆくん》ではなく、山の中で穏やかに暮らしていた時のような、簡素な生成りの服を着ていた。

（ああ、これは夢か……）

後宮での暮らしが辛過ぎて、こんな夢を見たのだろう。

すでに後宮に来たことを後悔し始めている己の弱さに、詩雪が自嘲の笑みを浮かべていると、指先に温もりを感じた。

『ああ、お労しい、詩雪様。このように手が荒れて……』

気づけば、詩雪の目の前に膝をついた晶翠が、詩雪の荒れ果てた手をとって労しげに見つめていた。

「晶翠……」

夢の中の晶翠は、詩雪の荒れた手を優しく撫でると、自身の頰に添えて、詩雪を見上げる。

『詩雪様、帰りましょう。このような苦労を、貴方がする必要はありません』

いかにも晶翠が言いそうな言葉が返ってきて、詩雪は途端におかしくなった。

「まだ帰れない。ここにきた目的が何も果たせていないからな」

詩雪がここにきたのは、弟に会うため。今はまだ、何もできていない。

『それは必ず果たさねばならぬものなのでしょうか？　このように詩雪様が苦労なさるほどの価値があるのですか？』

「そうだ。そう思って、私はきたのだから」

『でしたら、目的のためだけに動けばいい。人に見下され、体が痛むほどに働く意味はどこにあるのでしょう？』

「確かに当初の目的を果たすためには遠回りに見えるかもしれない。だが、情報を集めるためには、真面目な宮女であるほうが都合がいい。それに、療養殿は宮女や宦官にとって命綱とも言える医療所。このままというわけにはいかない」

詩雪はそう返す。

そう、今は後宮で働く者達が身体を弱らせた時、養生できる場所がない。身体を壊したら最後、適切な治療を受けて養生すれば治る者でも命を失ってしまうだろう。

『そんなもの、詩雪様に関係ないではありませんか。よく知りもしない者達のために、どうして貴方が辛い目に遭わねばならないのですか？　しかも、宮女や宦官の中には、貴方を虐げていた者もいるのですよ』

晶翠のどこか馬鹿にするような声に、佳玉の顔を思い浮かべた。

呂芙蓉の侍女である彼女には、何度も苦汁を飲まされた。佳玉だけではない、後宮にいる者達は皆、詩雪達親子を助けてはくれなかった。

分かっている。分かっているのだが……。

詩雪は、晶翠に何か返そうとしたが、それは叶わなかった。

目の前は、真っ黒な闇。背中には固い寝台の感触。突然夢から目が覚めたらしい。

「この香りは……」

この匂いのせいで晶翠の夢を見たのだろうか。

薄汚い詩雪の寝所に、晶翠がよく身につけていた白檀《びゃくだん》の匂い袋の香りが微かに漂っていた。


詩雪が身を粉にして働き、療養殿の清掃を終えたのは、配属されてからゆうに二十日を経過した頃。

清掃が終わると、療養殿はそれだけで見違えるようになった。

ここで養生していた数少ない患者達もあまり咳き込むことがなくなり、目に見えて体調がよくなっている。

途中、何度もやめてしまおうかと思った。眠ろうとすると、たまに晶翠の夢を見るのだ。こんなこと無意味だと、何度も言われた。

正直、最後までやり遂げられたのは、ただの意地だ。晶翠の幻聴に言われれば言われるほど、意地が強くなっていっただけ。

(辛い時もあったが、意地を通して良かった)

誇らしい気持ちで、それらしいものになった療養殿を見上げる。とはいえ、まだまだ必要なものは山ほどある。

その一つが、肝心の薬や包帯などといった備品だ。

掃除をしながら、療養殿に保管されている備品の確認をしていたが、李成の言っていたように薬や包帯すらもほとんど支給されていないようだった。

物資不足はかなり深刻だ。

（包帯は療養殿勤めの宮女用らしい服がいくつか残っていたから、それらを裂いて代用できる。煮沸して使いまわせば、当面は問題ない。だが……薬、生薬はどうするべきか。それに何より、まずはちゃんと患者を診てくれる医官が欲しい）

詩雪は、病弱な母を看ていたため、ほぼ独学ではあるがある程度の知識は持っている。

だが、専門家というほどではない。

李成がやる気さえ出してくれたら、良いのだが。この二十日間、李成はお酒を飲んでは寝ているだけの様子。掃除に奔走する詩雪を気にはしているようだったが、手伝おうとはしなかった。医官の務めは期待できそうにない。

「なんと、よくここまで……」

声が聞こえて隣を見れば、当の李成だ。

惚けたような顔をして、療養殿を見上げている。

その顔を見て、詩雪は思わず目を見張る。酒に溺れて死んだ魚のようだった李成の目に、今までにない輝きのようなものが感じられた。

「……あとは、薬と医官を揃えればちゃんとした医療所になります。どうにか薬を工面することはできないでしょうか」

「薬は……もらえないでしょうね。ああ、でも、畑で薬草を育てれば……」

輝きを取り戻し始めた李成の口から、前向きな言葉が漏れる。

「畑？　畑があるのですか？」

「ええ、昔、隠れて薬草を育てていて、私はそれを使って薬をいくつか調合していたのです。そうすれば……」

と穏やかな様子で、機嫌よく語っているように見えた李成の言葉が途切れた。

そしてみるみるうちに、楽しそうだった李成の表情が曇っていく。

「すみません、おかしなことを言ってしまいました。そんなことをして何になるのか……」

「別におかしなことなど言ってはいないと思いますが。李成様はこの療養殿の長なのです。ここをより良い場所にしようと思うのは、当然です」

「いいえ。おかしなことです。……私には、誰も救えない。何かを変えようだなんて、烏滸がましいことです」

「何を言っているのですか？　貴方は、かつては妃様方を相手に診ていた優秀な医官だったではありませんか」

「……どこで聞いたのか知りませんが、『優秀な医官』？　噂が正しく伝わっていないようです。私はこの見た目で、妃様方に気に入られて侍医になっただけ。優秀だからではありません。……すみません。私はもう、いつものところに戻ります」

「待ってください。李成様！」

去ろうとする李成の背中を詩雪は呼び止めた。だが李成は振り返ってはくれない。しばらく逡巡した後、詩雪は慎重に口を開いた。

「……ならばせめて、先ほど言っていた薬草を育てていた畑のある場所だけでも教えてください」

詩雪の言葉に、李成はぴたりと歩を止めた。

「……良いですよ。もしかしたら、過去に育てていた薬草が残っているかもしれません」

李成は、詩雪を振り返らずにそう返すと、簡単に畑のある場所を告げてそのまま療養殿の中へ。おそらくいつも引きこもっている自身の部屋に戻るのだろう。

一瞬輝きを取り戻したように見えた李成は、再びいつも通りの彼に戻ってしまった。

（一体、何があったのだろうか）

背中を丸めて去っていく李成を見ながら、詩雪はそう思わずにはいられなかった。

清潔な寝床に、滋養のある食べ物。それらを用意するだけで、療養殿で寝込んでいた者達の多くは快方に向かった。

たまに薬も処方する。薬は、詩雪自ら調合していた。

李成に教えてもらった畑では、思いの外、薬草が育っていたのだ。

十薬《ドクダミ》、蓬《ヨモギ》、甘草《カンゾウ》、生姜に大葉子《オオバコ》など、薬によく使われる野草達が、勝手に育っているといった具合で無造作に生えていた。

しかも、運がいいことにとある一角には栽培の難しい芍薬などもあった。

これらの薬草類は、少し前まで薬草を売って生活していた詩雪にとって馴染み深いもので、李成の部屋にあった薬に関する書物を見ながら、どうにか薬として使えそうなものを作り上げた。

それに、李成にも変化があった。

詩雪が本当に困っている時は、さりげなく必要な薬の知識を教えてくれた。時には、患者の様子を診ることもあった。

少しずつではあるが、変わってきている。そんな感じがした。

療養殿での生活は、軌道に乗り出していた。だが、肝心なところが進んでいない。

「ここで働いているだけでは忠賢には会えない……」

療養殿の玄関前を掃き掃除していた詩雪は、思わず手を止めてこれからのことを思って独りごちた。

詩雪が後宮に入ったのは、異母弟・忠賢に会うためだ。しかし、宮女の中でも下っ端も下っ端である詩雪には、王である忠賢に会うツテがない。

しかも、忠賢は、引き籠もり帝と陰で揶揄されているほどに、表に出てこない。後宮とは王の庭のようなもの。たまには後宮内を散策することもあるのでは、などとのんびり思っていた時もあったが、そんな機会はついぞなかった。

忠賢と接触するためには、何かしら策を練らないといけない。

「あの、すみません。ここで、お薬がもらえると聞いてきたのですが……」

女性の声が聞こえてきて詩雪はハッと顔を上げた。

声をかけてきたのは妃付きの宮女のようで、薄紅の衣を身に纏っている。そして、その宮女の顔を見て思わず詩雪は声を上げた。

「あれ？　貴方は確か、てんとう虫を庇っていた……？」

療養殿にやってきたのは、以前、配属先を決める際に、てんとう虫を拾って佳玉を怒らせた宮女だった。

相手も、詩雪のことを思い出したようで、目を丸くした。

「あ、貴方は！　あの、あの時はありがとうございました！　バタバタしていて……ろくにお礼もできず……」

「いえ、別にお礼はいりません。それにしても今日はどうしたのですか？」

「あの、私がお仕えしている妃様のためにお薬を用意して欲しくて……」

ぼそぼそと少し恥じらうようにそう言うので、詩雪は首を傾げた。

「ここは、下働き向けの医療所ですよ。妃様でしたら医官のいる薬殿に行かれた方が」

「えっと、その……それは分かっているのですが、私がお仕えしている沈《チン》妃様は、その……呂王太后様の覚えがあまり良くなくて、その……」

しどろもどろに話す様を見て、詩雪はなんとなく察した。

「つまり、呂王太后様に冷遇されていて、薬をもらえないということですか」

思わず呆れたような口調になる。あの女は、未だに何か気に入らない者がいると嫌がらせをするのが趣味らしい。

詩雪の言葉に、宮女ははいと弱々しく頷いた。


詩雪の元にやってきた宮女は、名を小鈴《シャオリン》と名乗った。

小鈴が仕える沈壁《チンヘキ》は一昨日から咳が出ていて止まらないのだという。しかし沈壁は、王太后に嫌われている。医官達は呂王太后の不興を買うことを恐れて誰も沈壁を診ようとせず、薬もくれないのだ。

途方に暮れていたところで、最近下働き向けの療養殿で薬を出してくれると聞いて藁にもすがる思いできたらしい。

詩雪は、まずはその妃の容体を見たいと申し出て、小鈴に案内を頼んだ。

沈壁の元に行く道すがら、小鈴はぽつりぽつりと自身が仕える妃に対する思いを語る。

「沈壁様は本当にできた人で、自分の今の不遇を口に出すことなく受け入れられ、宮女である私に、辛い思いをさせてごめんなさいって謝罪をなさるような方なのです」

冷遇されている妃に仕える宮女もまた、立場が低い。他の妃達やそれに仕える宮女らにも邪険に扱われる毎日。

最初は、小鈴も己の不幸を嘆いたらしいが、仕えている沈壁の人となりに接していく中で、思い入れが深くなっていったらしい。

「私は医官ではありませんので正しく治療できるか分かりません。ですができるだけのことはしてみるつもりです」

「ありがとう、莉雪さん」

小鈴がそう言うと、ちょうど沈壁の宮に着いた。

そして、思わず絶句する。

（冷遇されているとは聞いていたが、これは……あまりにもひどい）

詩雪が見たのは、妃の宮とは思えない、朽ちかけた建物だ。

「本当に、こんなところに？　妃様が住う場所とは到底思えません」

「呂王太后様からの命で、最近ここに追いやられてしまったの。本来は罪を犯した者が住む冷宮なのだとか」

「罪……？」

思わず眉根を寄せる。

「誓って、沈璧様は罪なんて犯してない。そんな方じゃないのよ。それなのに、王太后様は……」

今にも泣きそうな声だった。詩雪も、かつてのことを思って怒りにも似た気持ちが湧くが、小鈴が宮の中に入ったので、後を追って中に入る。

するとカビの臭いが鼻をついた。日当たりの悪い場所だったので、建物にカビが生えてしまっているのだろう。小鈴がちゃんと手入れをしているようで、埃のようなものはなかったがこのカビ臭さは堪える。

「沈璧様、今よろしいでしょうか。療養殿の宮女を連れてきました」

「ええ、大丈夫よ」

扉の向こうからか細い女の声が聞こえて、詩雪は案内されるまま奥に入った。

とうとう沈璧と会える。

特に何もしていないのに呂芙蓉に嫌われているということは、それほどの美人なのだろうと漠然と思っていた。

だが、実際に沈壁に会って、思わず詩雪は言葉を失った。

「すみません。わざわざ来ていただいて。ここに移ってから、あまり体の調子が、良くなくて……ゴホ、ゴホ」

苦しそうに咳きこむ沈壁に、詩雪は思わず見入ってしまった。

(似ている……)

確かに、沈壁は美人だった。黒檀のような美しい髪に、透き通るような肌。鼻はすらりと通り、唇は花びらのように膨れて色鮮やか。

傾国の美姫と言ってもいい。だが、それ以上に詩雪を驚かせたのは、彼女が亡き母に似ていることだった。

呂芙蓉が、沈壁という若い妃を毛嫌いする理由が分かった。

(呂芙蓉、お前は相当、母が嫌いだったようだな。母の面差しに似た妃までも憎むぐらいに。でも、お前が沈壁を冷遇したことで、私は彼女と出会えた)

詩雪は、先ほどまで頭を悩ませていた『どうやって忠賢に会うか』という問題に、解決の道筋が見えてきた気がした。

(彼女は絶対に助ける。……そして忠賢に会うための足掛かりにさせてもらう)

詩雪は決意を固めると、沈壁の脈をとる。

その間にも沈壁は何度かごほごほと咳を零した。

(肺をやられているのか……)

そう思いながら、詩雪はくんと鼻から息を吸い込んだ。部屋の清掃は小鈴がしているらしく埃っぽくはないのだが、どうにもカビ臭い。

チラリと横を見る。寝台の近くの丸窓から日差しが全く入ってきていない。

近くにある大きな木に、陽の光を奪われているのだ。

「……肺を悪くされているのかもしれません。ですが、やはり私だけでは判断しきれませんので、療養殿長をよんでまいります。今しばらくお待ちください」

詩雪がそういうと、沈壁は穏やかに微笑んで頷いた。

優しい人なのだと思えた。妃の中には、官奴達をあからさまに見下す者も少なくない。

母に似ている。忠賢に会うための足掛かりになる。そんなことは関係なく詩雪は心の底からこの人を助けたいと思うのだった。

そうして詩雪は急いで療養殿に戻り、李成を連れてきた。

渋々のような感じを出しつつも、李成は詩雪に言われるがままついてくる。結局は李成というのは、病人を放っておけない質なのだ。

李成は、沈壁の姿をみるなり、目を見開いた。

「……秦王后《シン》！」

李成はそう叫んだ。そして、何かに怯えるように後退りすると頭を抱えて座り込む。

「ど、どうしたのですか？」

沈壁が心配そうに声をかけるが、李成はがたがたと震えるのみ。

「李成様、あの方は秦王后ではなく、沈妃様です……」

詩雪は怪訝に思いながらも震える李成の肩に手を置き、そう声をかける。

秦王后というのは、詩雪の母の名だ。

母に似ている沈壁を母だと勘違いしたらしい。死んだはずの秦王后が現れたと思って怯えたのだろうか。とはいえこの反応は異常だ。

「沈妃、様……？」

そう言ってまじまじと李成は沈壁を見た。どうやら秦王后とは別人だと分かったらしい。やっと震えが止まった。

「あ、お、お見苦しいところをお見せしてしまいました……」

そう言って、ふらりと立ち上がる李成の顔は青ざめている。

「李成様、沈妃様を診ていただくことは可能でしょうか？　私の見立てでは、湿気により肺を悪くしたのかと……」

おそるおそる問いかけてみる。それどころではないような気もしたが、沈壁を助けるためにも早めに対処したい。

「え、ええ……あ、いえ、無理です。私など……私のようなものが、こんなこと……人を救うことなどできはしないのです」

そう言って李成は詩雪達に背を向けた。ふらふらとした足取りでここから出ていこうとしている。

「待ってください、李成様！　どこに行かれるつもりですか!?」

詩雪が彼の背中に向かってそう訴えても、振り向こうともしない。焦れた詩雪はさらに続けた。

「人を救うことなどできない？　何を言っておられるのですか！　貴方には知識がある！　薬の知識、医療の知識。私よりも、多くの人を助けられるだけの力があるはずです！」

そう言って、詩雪は李成の腕を取った。逃がさないと言うように。

「ありません！　私に、人を助ける資格などないのです！」

「人を助ける資格？　一体いつから人を助けるのに資格が必要になったというのです!?」

そう言って詩雪は李成の腕をひっぱり体を自分の方に向かせた。

詩雪よりも頭一つ分大きい李成を睨むようにして見上げると、李成が戸惑うように目を見開く。

「何をそんなに恐れているのか知りませんが、貴方は目の前の救える人を見殺しにできるような人ではないはずです！　それとも、この先ずっとありもしない『人を助ける資格』がないことを嘆いて生きていくおつもりですか!?」

詩雪は声を荒らげた。

ずっと我慢ならなかったのだ。昔の李成を知っているからこそ、なおさら。

「わ、私は……」

目を見開きそう呟いた李成は、ちらりと沈壁の方へと視線を巡らす。

そして観念したように、頷いた。

「……分かりました。沈妃様を診させていただきます」

そう応じた李成の声はまだ少し弱々しかった。だが、彼の青の瞳に少しだけ光が宿った気がした。

第三章

「李成様、先日診ていただいた沈妃様ですが、随分呼吸が楽になったとおっしゃってました」

薬棚の整理をしている李成の背中に向けて、詩雪がそう声をかけると、彼はびくりと肩を震わせてから振り返った。困ったような顔が詩雪を見る。

「別に……ただ診ただけですし……。それに莉雪も、沈妃様の体調不良の原因は、湿気だと分かっていたではありませんか」

沈壁と対面した後、李成にも診てもらい、原因は室内のカビによるものだと断定できた。周囲の木の枝を切って、日当たりと風通しを良くし、定期的な李成の薬で快方に向かっている。

沈壁の病状は、今は一旦落ち着いていると言っていいだろう。とは言え完治のためには、あの湿っぽい冷宮を引っ越すしかないが。

「それはそうですが、李成様に診てもらったことで私も確信できたわけですし、素人の私ではなく李成様が診たということで、沈妃様も安心できたのですよ」

「そういうものでしょうか……」

「そういうものです」

「そう、ですか……」

奥歯に物が挟まっているような表情で李成はそう言うと、再び薬棚に向き合った。

詩雪がきたばかりの時は空っぽだった薬棚が、今では様々な薬や生薬で埋まっている。

最初は詩雪が書物を見ながらああでもないこうでもないと調合していたのだが、沈壁を診てから、李成自身で薬の調合をし始めた。この棚に並べられているもののほとんどは李成が調合したものだ。

李成の変化は著しかった。詩雪が頼めば、往診もしてくれる。

あれほど溺れていた酒も、今は飲んでいるところを見ない。

だが、やはり時折、全てを諦めたような、泣きそうな表情を浮かべることもある。

彼が内に抱えている問題が、まだ重くのしかかっているのかもしれない。

「ところで、莉雪。薬の数が合わないようなのです。特に、傷薬の軟膏が足りなくて」

薬の棚を見ながら不思議そうに言う李成に、思わず詩雪はどきりとした。

精力的に働いてくれるようになったのは嬉しいが、精力的過ぎるのも問題だ。薬をちょろまかしているのがバレてしまう。

「えーっと、それはですね……」

適当な嘘でその場を凌ごうとして何かを言う前に、李成の口が開いた。

「……薬の数が合わない、ですか。ふふ、懐かしい」

眩しそうに目を細め、何かを懐かしむような、慈しむような顔でそうぽつりと呟くので、詩雪は何も言えなくなった。

(やはり、李成は……)

詩雪が幼い頃、薬殿の薬を盗んでいた時のことを思い出していると……。

「李成さぁん、いるかしらぁ？」

甘えたような甲高い声が外から聞こえた。

この声に覚えがあるので、思わず詩雪は眉根を寄せる。あまり好ましい相手ではないが、追い払うわけにもいかない。

「あ、いたいた、李成さぁん」

語尾が間延びした話し方とともにやってきたのは、佳玉だ。

近くにいた詩雪を押しのけるようにして、真っ直ぐ李成の元へ。

「お酒持ってきましたよぉ。それにしても、最近はお酒をお止めになったみたいですけれど、どうしてまだ必要なのですかぁ？」

「いつもありがとうございます。お酒は薬酒を作るのに必要なのです」

「まあ、そうなのですね、流石李成さんですぅ」

何が流石なのか、詩雪にはよくわからなかったが、佳玉はそう言うと身をくねらせて李成にすり寄った。

「佳玉さんには昔から良くしていただいて、なんとお礼を申しあげたらいいか……」

李成は、佳玉から酒瓶を受け取ると、申し訳なさそうにしながらも柔らかく笑う。

最近、李成は笑顔が増えた。少し前までの荒れた姿が嘘みたいだ。

笑みを贈られた佳玉は、頬を上気させて目を潤ませて惚けた顔をしている。

(昔から、そうかもと思っていたが、まさか佳玉は李成のことを好いているのか？)

佳玉も李成も、詩雪が幼い頃から後宮にいた。おまけに以前は二人とも呂芙蓉に仕えていたので、よく一緒にいた。

当時から子供ながらに詩雪の目には、佳玉は李成に気があるような気がした。

宮女と宦官の恋愛はそれほど珍しいものではない。中には、結婚を認められている者もいる。佳玉はあの頃からずっと李成を想っていたのだろうか。

酒に溺れて荒れていた時は、少し距離をとっていたようだが、それでも時折様子を見にきていたというのだから筋金入りだ。

一方の李成の方は、あまりその気がなさそうではあるが。

なんとも言えない気持ちで佳玉を見ていると、彼女と目があった。佳玉は、先ほどまで李成に向けていたトロンとした目を鋭く細めた。

「ちょっと、人のことをジロジロ見てないで、手を動かしなさい。ここは李成さんの療養殿なのよ。埃一つ残さないで」

佳玉が甘い声を出すのは、李成にだけ。詩雪には、いつも通りきつい。

「そんな風に言わないであげてください。彼女は本当によくやってくれていて、いつも助けてもらっているのです」

「まあ。だめよ、李成さん。そのようなことではこの女がつけあがりますわ」

「いえ、むしろもっとつけあがってもいいぐらいです。それぐらい彼女はよく働いてくれているのですから」

李成に悪気はないのだろうが、詩雪はひやひやした。なんと言っても女の嫉妬は恐ろしい。

詩雪は冷や汗を浮かべながら佳玉の様子を探る。彼女はふーんとつまらなそうな顔をしたが、すぐに笑顔に切り替えた。

「この女を褒めてくれて私も嬉しいわ。なにせ、この女を療養殿で働かせることにしたのは、この私なのですもの。この女なら貴方の助けになると思って、療養殿に送ったのよ」

思いがけないところで衝撃的な話を聞いてしまった。

配属先を決める時に、佳玉が立ち会っていた。後宮の最底辺である療養殿の宮女に配属されたのは、やはり彼女の差金だったようだ。おそらく小鈴を庇ったあの時のことで心証を悪くしたのだろう。

（となると、呂芙蓉に嫌われている沈妃の侍女に小鈴をあてたのも、佳玉の差金か）

ただ気に食わなかったから不遇と言われる場所に詩雪を置いただけだったはずが、全て李成のためだと言ってのける佳玉に逆に感心した。

「そうだったのですね。佳玉さん、本当にいつもありがとうございます」

佳玉の嘘も下心も何もかもに気づかない李成は、変わらず美しい顔に、純粋に感謝の気持ちを表して微笑んでいる。

そのどこか少年のような笑みを浮かべる李成が、ふと真面目な、少し悲しそうな顔になる。

「……おかげで、最近は少し、少しだけ前を向いて生きても良いような気がしてきました。私みたいな愚か者でも、誰かの役に立てるのかもしれないと、思えるようになったのです」

李成が、そんな風に自分を肯定するような言葉を吐くのは珍しく、詩雪はわずかに目を見開く。

「そうだ。お前、確か、莉雪と言ったかしら。ちょっと話したいことがあるの、この後いい？」

佳玉からの呼び出しだ。もちろん下級宮女の詩雪に断る権利はない。畏まりましたと、佳玉の命令を承った。

「で？　李成の調子が良くなったのは、沈妃の祝福のおかげだっていう噂があったけれど、本当なの？」

佳玉に療養殿の裏に連れていかれて、開口一番そう聞かれた。

まさかその話が、呂芙蓉の侍女である佳玉にまでもう伝わっているとは意外だった。

意外ではあるが、悪くない傾向だ。

詩雪は神妙に頷く。

「はい、その通りでございます。沈妃様が自らくみ上げた水を、李成様が一口飲むや否や、もうお酒はいらないとおっしゃってあのように晴れやかなお姿に変わりました。実を言うと、あれほど不潔だった療養殿がこのように清潔になったのも、沈妃様のおかげなのです。彼女が団扇をあおいでくださって、そうしたら塵も埃も全て飛んでいったのでございます」

詩雪の話す内容に、佳玉は信じられないとでも言うように目を丸くする。

もちろん全て嘘である。李成がお酒をやめたのは彼の意思だし、療養殿を隅々まで綺麗にしたのは詩雪だ。

しかし、詩雪の話はすでに後宮の宮女の間では、噂として広がって誰もが知っている。佳玉も結局は信じたようで目が輝いた。

「やっぱり、沈妃の祝福のおかげなのね……!? で、では、酷く手が荒れた宮女の手を、ひと撫でで治したというのも、本当のこと!? あ、あと、酷い顔色の宮女のそばかすも消したとか!」

興奮したように次々と捲し立てる佳玉に、詩雪は笑顔を見せた。

「その通りです。佳玉様。気付きませんか？ 先ほどおっしゃっていた酷いそばかすが消えたという女は、私なのです!」

そう言って、詩雪は佳玉によく見えるように頬を突き出す。

「え？ そ、そういえば、貴方、配属先を決める時、それはもうひどい顔色のひっどい荒れ果てた肌の持ち主だったわね!?」

佳玉はそう言うと、ガシッと詩雪の顔を摑み、左頰、右頰と食い入るように見た。

「顔色は泥みたいに汚らしいし酷いけど、確かにあの時あったそばかすがないわ！こ、これも、沈妃の力だというの!?」

詩雪は頷くことで肯定した。嘘なんて一つも言ってなさそうに真っ直ぐ佳玉の目を見て頷く。だがしかし嘘である。

もともと詩雪は変装のために肌に色々塗りたくって汚くしている。そばかすも自分で描いていたものだ。その毎朝顔に描いていたそばかすを、最近描かなくなった、それだけである。

ちなみに、ひと撫でして手荒れが治ったというのは、李成特製のあかぎれ用軟膏を拝借して沈壁に渡したのである。

手荒れに悩む宮女達は後宮には多い。そんな彼女達が訪れた際には、軟膏を取った手で、宮女達の手を撫でてあげているのだ。

つまりは、薬の力であかぎれが改善したというだけの話。軟膏は高級品で、宮女達には無縁の品物。薬の効果を実感して、まるで神がかり的なものと感じたのだろう。

それに詩雪もそう感じてもらえるように誘導している。

「やはり沈妃は本物の、仙女様なのね！　ねえ、噂では、沈妃の佩玉《はいぎょく》を持っていたら、恋が成就したなんて話もあったけれど、それも本当のこと？」

「……ええ、おそらく。そうなってもおかしくないでしょうね」

本当のことを言えば、そんな話を広めた覚えはないのだが、佳玉の食いつきがいいので詩雪は頷いて見せた。詩雪の知らぬところで沈壁の新しい仙女伝説が生まれるのはよくあることだった。

「まあ！　なら、私も、沈妃の佩玉が欲しいわ！」

「ですが、佳玉様……お伝えしにくいのですが、佳玉様は沈妃様を冷遇された呂王太后様の侍女でございます。果たして、祝福を得られるかどうか。……いえ、それだけでなく、最悪なことも考えられるのでは？」

詩雪の言葉に、佳玉の顔色が一気に悪くなった。

「……それって、つまり、呂王太后様が、沈妃を冷遇しているから天から罰が降ると？」

沈璧は佳玉が仕える呂芙蓉に冷遇され、現在は荒屋《あばらや》のような粗末な宮に住んでいる。天帝の祝福を受けているかもしれない女性にそのような扱いをして、天罰でも降るのではないか。佳玉は恐れからか、不安そうに目を彷徨わせた。

誠国のもの達の多くは、信心深い。それに素直だ。自身の理解を超えることがあれば、それは天からの奇跡なのだと素直に信じ、悪いことがあれば、それは天罰であると思いこむ。

「呂王太后様のことですから、きっと何か誤解があって沈妃様を冷遇したのだとは思いますが、もしかしたら、ということも考えられます」

「そんな……。どうしたら……」

「佳玉様ほど優秀で、長くお仕えしている方の言葉でしたら、呂王太后様も話を聞いてくださるのではないでしょうか？」

「それは……だめよ。呂王太后様は、こんな話お信じにならない。天帝の怒りを恐れて沈妃の冷遇をやめてなんて言ったら……私の首が飛んでしまう」

さすがに長年仕えるだけあって、佳玉は呂芙蓉のことを分かっている。

呂芙蓉は、自分が一番でなければ満足しない人間だ。それがたとえ天帝であったとてその考えは変わらない。それに、そもそも沈壁が天帝が遣わした仙女だという話すら信じもしないだろう。

天帝の罰を恐れて沈壁の冷遇解除などを願い出た宮女がいたら、その宮女は首が飛ぶ。物理的にだ。

「でしたら、佳玉様、陛下に沈妃様のお話をお伝えすることはできないでしょうか」

「へ、陛下に……？」

「陛下は、信心深いお方です。呂王太后様にご助言していただけるやもしれません」

「そんな……無理よ。陛下は、基本的にはずっとご自身の殿に引きこもっているし……」

「中にいらっしゃることが多いのでしたら、陛下の身の回りの世話をしている宦官に言伝をお願いすれば良いのです。呂王太后様の信頼篤き佳玉様の頼みを、一介の宦官が断れるわけがないのですから」

そう畳みかけると、先ほどまで青くなっていた佳玉の顔色が僅かに良くなった。

「そう……確かにそうすれば……！　陛下からなら、もしかしたら呂王太后様もお耳を貸してくださるかもしれない」

佳玉が喜色を浮かべるのを見ながら、詩雪も笑みを浮かべて頷くのだった。

「ええ、きっと」

と、無責任な同意の言葉を言いながら。


軽く咳き込む沈璧の背を詩雪は優しくさする。

「大丈夫ですか？　沈妃様」

「ゲホッゲホッゲホ……」

様子窺いのため、沈璧の宮を訪れていた。沈璧の体調は、当初より随分と良くなった。とは言え、まだ完全に治ったとは言えない。

詩雪が用意していた白湯を差し出すと、沈璧は笑顔で首を振る。

「大丈夫よ。少しむせただけ。本当に最近は気分がいいの……貴方のおかげ。ありがとう、莉雪」

そういって、沈璧は疑うことを知らない無垢な瞳で詩雪をみて軽く微笑む。純粋な好意を示されて、詩雪が思わず息をのみ戸惑っていると、沈璧はさらに続けた。

「私ね、本当に貴方に感謝しているのよ。貴方のおかげで体調も良くなって、誰にも見向きもされなかった私の元には、連日宮女達が見舞いにやってくるようにもなった」

おかしそうに沈璧は言う。

今、後宮内では、沈璧は仙女であると噂され、仙女の奇跡を求めて訪ねてくるものが後をたたない。

「それは……その、すみません。沈妃様を冷宮から出すためとはいえ……煩わしいですよね」

詩雪は申し訳ない気持ちでそう謝罪した。

沈璧と詩雪はある約束を交わしている。

沈璧を必ず冷宮から出られるようにするので、しばらく詩雪の言う通りに動いて欲しいとお願いしていたのだ。そして王に接見できる機会を得られた際には、同席させて欲しいと。

そのため沈璧は、詩雪の言う通りに手荒れをした宮女がいれば薬をぬったり、予言めいたことを言ったりと、仙女のふりをしてくれている。

計画は順調ではあるが、しかし、病人である沈璧には負担があることも確か。そう思って謝罪すると、沈璧は目を丸くして首を振った。

「やだ、謝らないで！　違うわ。むしろ、私は今のこの状況を楽しんでいるのよ」

「た、楽しいのですか？」

　思ってもみなかった答えに詩雪も目を丸くした。

「私はね、きっとこのまま誰にも知られずに一人静かに死んでいくものと思っていたの。でも、それを貴方が変えてくれた。私はね、今、毎日とてもワクワクしているの。仙女のふりなんて、ふふ、こんな面白いこと貴方がいなかったらやろうともしなかったわ。それに、貴方の言う通りにしていれば、私は冷宮から出られるのでしょう？」

　疑うことを知らない光をその瞳に輝かせて、沈壁は言う。あまりにも真っ直ぐな信頼に、詩雪はまた戸惑った。

　沈壁を冷宮から出すのは、ただの厚意ではなく、自分に利があると踏んだからだ。つまりは、自分のため。だと言うのに、こんなふうに純粋に思われては、どこか居心地が悪い。

「それは……もちろん。最初にそうお約束しましたから。ですが……その、沈妃様は少し疑うことを覚えた方が良いかと。ただの、一介の宮女の申し出をそうやすやすと受けられた際は正直驚きました。あまり良いことだとは思えません」

　本音だ。誰とも知らぬ宮女の提案を二つ返事で沈壁が呑んだ時は、驚きを通り越して呆れてしまう気持ちもあった。

「だって疑う必要なんてないもの。呂王太后様に目をつけられて、私はどのみち死ぬしかなかった。そんな私を騙して、一体何が得られるというの？」

「それは……」

「それに、唯一側で色々してくれる小鈴が連れてきたのよ。聞けば、小鈴の命の恩人だとか」

沈壁はそう言うと、側でお茶を入れていた小鈴に目線を移した。

小鈴は、沈壁の視線を受け止めると嬉しそうに微笑んで頷く。侍女である小鈴との信頼関係は強固なようだと、詩雪はなんだか嬉しくも、羨ましくも思った。

するとまた沈壁は詩雪を見た。淀みを知らない綺麗な瞳で。

「それに、療養殿長とのやりとりで、貴方の人となりも気に入ってしまったの。私はね、決して貴方を疑ってないわけじゃないわ。私は、貴方になら騙されても良いと、そう思っただけなのよ」

そう語る沈壁から確かな信念を感じて、詩雪は口をつぐんだ。言いたいことが色々あった気がしたが、何故か何も言えそうにない。

沈壁は詩雪の母に似ている。

似ているのは、何も顔だけじゃない、物腰の柔らかさや、その純粋さ、ひたむきさも、どこか母と重なる。

呂芙蓉に嫌われて不遇な思いをしているというのに、愚痴一つこぼさない芯の強さが特に。

「……それでは、沈妃様が結果的に騙されたということがないように、私も励まなくてはなりませんね」

「ええ、よろしくね」

「そうしましたら、もう少し計画を進めます。後宮中に沈妃様が仙女であるという話が広まり、とうとう王太后様や陛下のお耳にも入ることになりました」

「まあ、そうなの？」

「ええ、王太后の侍女からの話なので間違いありません。仙女の天罰を恐れて、沈妃様を解放してくれるかもしれないと思っておりましたが、王太后様はなかなかに頑な。それに、陛下も……思ったほど興味を示してはいないようなのです。その証拠に、三日後に行われる星見の宴に、沈妃様は呼ばれておりません」

佳玉からこっそりと内情を聞いている。

忠賢は確かに仙女の話を耳に入れたようだが、あまり本気にしていないようだった。目論見が外れた。忠賢であれば、不遇な扱いを受けている妃がいれば手を差し伸べてくれる、そう思っていたのだが。

「もう少し、派手に沈妃様の威光を示しましょう」

「派手？」

「そうです。誰もが目にするような形で、沈妃様が特別な存在なのだと知らしめるのです。そうすれば、後宮の者達はますます沈妃様をありがたがりましょう。流石の呂王太后様も、無視できなくなります」

詩雪は勝気な笑みを浮かべた。


後宮の内庭で、華やかな衣を羽織った妃達が一堂に会していた。

後宮では定期的に、王と妃を交えた宴が開かれる。

今日は、星見の宴。屋根のない開放的な場所で視線をあげれば満天の星々が目を楽しませる。

とはいえ、純粋に星を愛でるための催しではない。自身の宮に閉じこもるばかりの若き王を外に連れ出し、妃と出会わせるための場だ。

現在の誠国の王である忠賢は、十六歳。痩せているため精悍さには欠けるが、整った顔立ちの美青年だ。

しかし、忠賢は今のところ後宮にいる妃に全く興味を示さない。

今回の星見の宴にしても同じ。宴に参加した妃達が忠賢の寵愛を得るために着飾り、舞を踊り、楽器を奏でていても、忠賢はぼうっとした表情で酒を飲むだけだった。

しかしそれでは、困るのだ。

呂芙蓉は忌々しく無気力な息子を見やる。

呂芙蓉にはどうしても、王の力を持った後継者が必要だった。

「忠賢、なんだその態度は。これほどの美姫がお前のために集まっているというのに」

舞を踊る妃を見ていた呂芙蓉は、隣でつまらなそうにしている忠賢にしか聞こえない声でそう苦言を呈する。

「……母上に言われた通り、宴には顔をだしてます。それ以上のことは求めないでほしい」

面倒そうに忠賢が言うと、その態度に呂芙蓉は眉根を寄せた。

幼い頃は御しやすかった忠賢だったが、今はどこか反抗的な態度を見せることが多い。

「お前は王の自覚があるのか？」

「王の自覚……？　はは、母上は面白いことをおっしゃる。この国は、寛国の属国。そうでなくとも、今の誠国の実権を握っているのは、母上ではありませんか。これでどうやって王の自覚を持てと？」

「……口ばかり達者になりおって。窮奇を御しきれなかったのは、お前の力不足のせいぞ。寛国の属国に甘んじているのも、そなたの責任じゃ。今の状況を打破するためには、新しい王が必要じゃ」

「新しい王？　母上が欲しいのは新しい傀儡《くぐつ》でしょう？」

「お前……」

苦々しく呟くが、忠賢は暗く笑うだけ。

「また脅しですか？　今度は何を使って脅すのです？　大切に思っていた異母姉は死んだ。よく私に仕えてくれた宦官達の中にも、離れていった者がいます。もう私に、大事なものなどありませんよ」

無気力な忠賢の呟きに、呂芙蓉の脳裏にあの公主・詩雪の顔が浮かんで苦々しい思いが湧く。

数年前までは良かった。忠賢は従順だった。

逆らえば忠賢が慕っていた異母姉の詩雪を、『秦王后』のように殺すと脅すだけでなんでも言うことを聞いてくれた。

だが、その詩雪が後宮から逃げて、愚かにも崖から落ちて死んだ。

それからというもの、忠賢は御しにくくなった。

（あの小娘さえ、手元にいれば……）

苦い後悔だ。もう不要と思って切り捨てた女が今になって喉から手が出るほど欲しい。

あの時は、四凶の一角である窮奇を従えて、世界を牛耳る自身の姿しか見えていなかった。詩雪が死んだとて構わないと思っていたのだ。

拳を握る。こんなはずではなかったのだ。こんなはずでは。

（何故、思うようにいかぬ。窮奇も、寛国の王も。妾を下に見る者は誰一人として許せん。これも全て、あの女の娘、詩雪のせいよ。ああ。もっと惨たらしく殺しておけばよかった……！）

少し前まで詩雪が手元にいればと思い、その数秒後にはもっと惨たらしく殺していればと後悔する。

呂芙蓉という女は、そういう感情的で衝動的な類の女であった。

そもそも、呂芙蓉は詩雪を憎んでいる。いや、詩雪というよりもその母である元王后を憎んでいた。

かつて、呂芙蓉を差し置いて、後宮の華と謳われ、誠国で最も美しい女と持て囃されていた女。

自分よりも美しい女などいらない。

しかも、心も清らかで人徳者だと、彼女に関わる者は皆彼女の味方だった。

王后の産んだ娘に力がないと分かり、不貞を疑われるまで、ずっとあの女の天下だったのだ。

許せるわけがない。あの女が産んだ生意気な娘も。

呂芙蓉の苛立ちが最高潮に達しようとした時だった。

周りがざわつき始めた。そのざわつきに舞台で舞っていた妃も思わず動きを止める。

宦官の誰かが、西の夜空を指さしていた。

「あ、あれは……！　吉兆を告げる瑞鳥《ずいちょう》・碧鸞《へきらん》では!?」

宦官の驚愕の声に、その場にいる誰もが西の空を見た。そこには確かに、青緑に光る何かが夜空を飛んでいる。

碧鸞というのは、誠国の国色である碧色に光り輝く幻の神鳥のことだ。碧鸞が現れるのは、めでたいことが起こる前兆と言われる。

「碧鸞……？」

呂芙蓉は夜空を舞う青緑の光体を見た。

「まあ、呂王太后様が主催された星見の宴に、瑞鳥が現れるだなんてさすがでございます！　きっと徳高い呂王太后様を讃えるために飛んでこられたのですわ」

甲高い女の声がして横をみると、妃の一人がいた。可もなく不可もないどこにでもいそうな女だ。

だが、自分の立場を弁えている。

何かあると、必ず呂芙蓉の機嫌をとりにきてくれる妃で、呂芙蓉は気に入っていた。

今回も、あの瑞鳥が現れたのは呂芙蓉の徳の高さ故だと言う。

(なかなか上手いことを言いよる)

碧鸞などどうでも良いと思っていたが、しかし、自身のために現れた瑞鳥なのだとしたら悪い気はしない。にんまりと呂芙蓉は微笑んだ。

「ふふ、もしかしたら、そなたの美しさに釣られてやってきたのかも知れぬぞ」

心にもないことを適当に言ってみる。妃は呂芙蓉に褒められて面映ゆそうに笑った。

(忠賢の妃になるのなら、このような女が良い。愚かで、御し易い)

呂芙蓉が、妃の一人をそのように見定めていると……。

「碧鸞が旋回しているところは、確か沈妃の住う宮のあたりではありませんか?」

遠くで誰かが言った。

沈妃、つまりは沈壁。顔が気に食わず、冷宮に追いやった妃だ。

(あの女のことか……)

沈壁の顔を初めて見た時の衝撃は忘れられない。呂芙蓉が今なお憎む前王后に似ている。憎たらしいほどの美しさ。

彼女の顔が浮かんで、思わず顔を顰めた。

後宮の中で、あの女が仙女だとか不思議な力を持つとかいう噂が立っているのは知っている。だが、所詮は下賤な者達のくだらない噂話。別に取るに足らないものだと思っていたのだが……。

「沈妃様が、瑞鳥をお呼びになったのでしょうか！　まあ、なんと優美なことでしょう」

そう楽しげに宣《のたま》ったのは侍女の佳玉。思わず呂芙蓉は目を吊り上げた。

「だまりゃ！　お前まで、あの女が仙女などというくだらぬ話を本気にしてるのかえ!?」

「あ……！　も、申し訳ございません……」

慌てて佳玉が頭を下げてきた。

しかし呂芙蓉は溜飲が下がらない。

「これまで可愛がってやったというのに、そのような愚かな話を本気にするとは……！」

呂芙蓉の苛烈な言葉に、碧鸞に夢中になっていた者達は、全員呂芙蓉に注目した。

「斬れ！　斬れーい！　この女を殺せ！」

呂芙蓉の激昂した声が響き渡り、誰もが恐怖を顔に貼り付けた。

もう誰も呂芙蓉を止められない。そう思われたが。

「母上、瑞鳥を前にして穢れを起こすなど、それこそ罰が降りますよ」

静かに、だがはっきりとそう口にしたのは、忠賢だった。一瞬その場が静まり返ったが、それを皮切りにして、他の宦官達までも口を開いた。

「呂王太后様、陛下のおっしゃる通りかと。瑞鳥が現れてくださったのに、これでは徳を失いまする」

「よくないことが起きるやもしれません」

「どうか、お気持ちをお収めくださいませ」

頭を下げて物申してくる。気づけば、宦官や宮女ら全てが頭を下げて懇願している。

彼らは佳玉を心配しているわけではない。信心深い誠国の民は、ただ、天罰を恐れているのだ。

（これは、沈妃が仙女であると、これほどまでの者達が信じているということか……？）

必死に、この場を収めようとする後宮の官吏達を見て呂芙蓉は愕然とした。

自らの与り知らぬところで、沈壁が宮女や宦官の心を掴んでいる。あまりの衝撃に呂芙蓉は、唇を震わせた。

愚かなことに傾倒するこの場にいる奴らを全員殺してしまいたい。

衝動的にそう思ったが、どうにか堪えた。

(下手に振る舞えば、また寛国の奴らに何か言われるやもしれぬ。ああ、煩わしい。あの国の王は不寛容であることに煩《うるさ》い)

誠国は今や寛国の属国だ。忌々しいことに至る所に監視の目がある。寛国の王との取引で、呂芙蓉は誠国での地位は保証されているが、しかしだとしても寛国に逆らえぬ属国の身であることは変わらない。今までも呂芙蓉が権威をかさにきて理不尽な行いを為せば、寛国の王から苦言という名の叱責が飛んできた。

寛国の若き王は、暴力で四獣封地の国々を全て支配しようとするわりには、まるで自身が聖者であるかのような振る舞いをする。それが呂芙蓉には気に食わない。

(ああ、窮奇さえ従えていれば、この妾がこのような思いをすることもなかったものを。忌々しい)

顔を顰めて自身の不幸を嘆いた呂芙蓉は、しかしどうにか気持ちをきりかえた。

年若い王の妃が仙女などと謳って、それがなんだというのだろう。別に、取るに足らぬことだ。今までだって呂芙蓉は、最後には全てを思い通りにできた。

呂芙蓉は強者の余裕を思い出し、椅子に深く座り直す。

そして、震えてこちらの様子を窺う佳玉に笑みを浮かべてみせた。

「なに、冗談じゃ。妾が長く仕えた侍女を本気で罰するわけがあるまい?」

「あ、ありがとうございます！　呂王太后様のご慈悲に感謝申し上げます！」

涙を流して、何度も頭を地面に擦り付ける佳玉の無様な姿を見たら、さらに気持ちが落ち着いてきた。人が傅《かしず》く様を見るのを、呂芙蓉は何よりも好む。

「瑞鳥を呼ぶ妃……沈妃か」

幾分気分が良くなってきた呂芙蓉の耳に、ボソリと呟くような忠賢の声が響く。

忠賢を見れば、隣の騒ぎなど気にならないという感じで、ただただ碧鸞が舞う西の空を眺めている。

息子が初めて妃に興味を持ったらしい。だが、あの憎らしい女と瓜二つの沈壁に興味を抱くのは気に食わない。

（いや、待てよ……）

呂芙蓉はとても良いことを思いついて思わずニヤリと口角を上げた。

「そうじゃ。瑞鳥の訪れに感謝して、沈妃を次の星見の宴に呼ぼうではないか。どうじゃ、忠賢。そなたも噂の妃に会うてみたかろう」

呂芙蓉がそう尋ねると、忠賢は戸惑うように目を見開いた。そして少し逡巡してから、小さく頷く。

せっかく忠賢が妃に興味を持ったのだ。それを利用しない手はない。

（まあ、沈壁と忠賢を出会わせるつもりはないがな……）

呂芙蓉は笑みを深くした。

いつか己の時代がくる。誰も彼もが、呂芙蓉に逆らえぬ時代が。

呂芙蓉は自身の輝かしい未来を疑うことはなかった。


「先日の碧鸞の件で、陛下に沈妃のことを印象付けることはできました。三日後に改めて星見の宴を開き、そこに沈妃様も招くと仰せです」

詩雪は、淡々と沈壁に状況を説明する。

お茶を飲みながら聞いていた沈壁は「そう」とのんびり答えてから楽しそうに詩雪をみた。

「それよりも、昨晩の碧鸞はどうやったの？　美しく舞う青緑の輝きに、私も見惚れてしまったわ」

「ああ、あれは……ただの凧ですよ。凧に火をつけて飛ばしたのです」

「え？　あの輝きはただ凧が燃えていただけということ？　確かに炎のような揺らめきもあったけれど……でも色が青緑だったでしょう？」

「凧の火元になる部分に、銅の粉を混ぜたのです」

「銅の粉？」

「ええ。炎の色は、橙のような色ばかりではありません。燃やすものによって、色を変えるのです。例えば銅を燃やせば、青緑色に。そうですね、例えば身近なもので言えば」

そう言って詩雪は、お茶請けとして出されていた梅の花弁の塩漬けを鉄箸で摑むと、提灯の炎の中へと入れた。

すると炎の色が変わった。橙色から明るい黄色へ。

「わわ！　すごいです！　黄色くなりましたよ！」

そう言ってはしゃいだ声を出したのは、小鈴。ついで沈壁も感嘆の声を漏らす。

「まあ、とても不思議ね。ねえ、莉雪、貴方はもしかして本物の仙女なの？」

ワクワクとどこか子供のように目を輝かせて、沈壁が問うてきた。

「とんでもありません。知っていれば、誰でもできることです」

「でも、本当に、莉雪はなんでも知っていてすごいわ」

沈壁の素直な賞賛に、詩雪は曖昧に微笑んだ。

学ばねば、詩雪は生きてはいけなかったのだ。後ろ盾であった母が死に、父には見捨てられ、詩雪は後宮という名の魔窟で一人生きていかねばならなかった。そのためには力が必要だった。

特別体格に恵まれたわけでもない詩雪に剣の腕があるわけはなく、詩雪を助けてくれたのは知識だった。

ある日、亡くなった母のささやかな墓が荒らされることが続いた。その時、詩雪が思いついたのはこの炎の色が変わる事象を用いること。変わった色の炎を糸で操って飛ばし、人の魂と見立てて母の墓を荒らすもの達を追い払ったことがある。

幼い詩雪は後宮で生きるために常に嘘と偽りとハッタリで己を武装していた。

誠実を最高の美徳とする誠国で、そのような方法でしか自身を守れない自分自身が時折無性に悲しくなることもあったが。

たまに思うのだ。こんな性分だから、王の子であるのに『嘘を聞き分ける』力がないのではないのかと。

「莉雪、どうしたの？　少し元気がないみたい」

昔の自分に想いを馳せていたら、思いの外に気分が沈んでしまったらしい。沈壁が心配そうにこちらを窺い見るのを見て、詩雪は姿勢を正した。

「いえ、なんでもありません。それよりも、沈妃様。問題はこれからです。再び開かれる宴で、どうにかして陛下の心を射止めてもらわねばなりません」

「へ、陛下の心を？　そ、そんな……私にできるかしら？」

「大丈夫です。自信を持ってください。沈妃様のお顔を見れば、陛下は一発で落ちます」

　詩雪には自信があった。顔さえ見れば、必ず忠賢は落ちる。

「そうですよ！　なんといっても沈妃様は本当に美しいのですから！　自信を持ってください！」

　小鈴がそう言って拳を握る。

「そうです。顔あわせさえできれば、勝ったも同然です」

　詩雪もそう言って頷いた。とはいえ、詩雪がこれほど自信があるのは、美しさだけが理由ではない。

「で、でも……陛下は、その、女性には興味がないという噂もありますし」

「いえ、陛下は女性に興味がないわけではありません」

　幼い頃の忠賢は、詩雪の母親に懐いていた。一度、詩雪の母を妃にしたいなどとませたことを言ってきたことさえある。詩雪の母親と同じ系統の美女である沈壁は、忠賢の好みど真ん中だ。一目見たら気にいる方に全財産賭けてもいい。

　異母とはいえ、血が繋がっているからこそはたらく勘だ。

　だが、気恥ずかしそうに戸惑う沈壁を見て、少し詩雪は不安になった。

　忠賢は、沈壁を好ましく思うだろうが、沈壁はどうだろうか。

　宮に閉じこもるばかりの引きこもり王。成長した姿をいまだに詩雪は見ていないが、噂によれば線の細い美青年であるらしい。

だが、引きこもりということもあってなよなよした印象が拭えない。

そもそも、詩雪の計画では仙女の力を持ち、不遇な扱いを受けている妃の存在を知った忠賢が、呂芙蓉の圧力など押しのけて沈壁を冷宮から救いだしているはずなのだ。

仙女の噂を耳にしても、碧鸞を見ても、直接自分から何の行動も起こそうとしない忠賢に物申したい気持ちでいっぱいだった。もともと少し気の弱いところがあったが、数年離れている間にその気弱に拍車がかかっている気がする。

「沈妃様の気持ちも顧みず、すみません。私だけで勝手に盛り上がってしまいました。陛下のような、じめっとした受け身で弱々しい男は正直好みではないでしょうか？ ですが、陛下もまだ十六歳でございますから、これからの成長に期待してどうか」

ついつい辛辣な言葉と共に懇願する。

「いえ！ 違うわ！ そんな！ 陛下にそんな恐れ多いこと思うわけないわ！」

と言って、慌てたように首を横に振った後、視線を下げた。

「私は、一度、陛下のお姿を拝見したことがあるの。新しく入った妃達と一緒にご挨拶をして……でも、陛下はこちらには見向きもしなかった。頑なに下を向き、私達のことを見ようとしなかった。……おそらく、陛下は大切な人を作ることを恐れている。

そう、感じました」

「大切な人を……」

沈壁の話を聞いて、先ほど感じた忠賢への疑問が、途端に腑に落ちた気がした。

(忠賢もまた、呂芙蓉によって大切なものを奪われてきている……。大切なものを失うことに恐れを抱いていてもおかしくない)

「ですので、烏滸がましいことだとは思うのですが、お力になりたいと、そうずっと思っていたのです。陛下の御心を支えて差し上げたい」

少し頬を赤らめて話す沈壁は今まで見た彼女の中で、最も可愛らしく詩雪の目には映った。

先ほど、沈壁は忠賢のことなどどうでも良いと思っているのではと不安になったが、それはどうやら杞憂だったようである。

微笑ましく思っていると、視界の端に鮮やかな青が映った。

見れば小鈴の肩に、輝かんばかりの青い色をした羽を持つ蝶が止まっている。

「小鈴さん、肩に蝶が……!」

驚きつつ詩雪がそう言うと、小鈴はなんてことない顔で頷いた。

「はい、蝶です。とても綺麗ですよね」

「いやそれは確かに綺麗ですが、なんでそんな、当然のように……」

「この蝶、実は私が育てていた芋虫だったのですが……こんな綺麗な蝶になったのです！　とても綺麗でしょう？」

と言って、指に止まらせた蝶を詩雪の眼前に持ち上げる。子を自慢する親の顔をしていた。

「小鈴さん、貴方という人は」

詩雪はそう言って苦く笑う。小鈴はかなりの虫好きであることは、もう詩雪も承知している。

時折、虫を捕まえてきては美しくないですか？　と見せてくるのだ。だが、まさか虫を育てていたとは。

「蝶なら私も愛でられるわ。……前見せてくれた芋虫みたいなものはちょっと無理だったけれど」

沈壁が優しくそう声をかける。どうやら小鈴は、詩雪だけでなく仕える妃にも虫を見せにいっていたらしい。

てんとう虫を捕まえてあわや命が危なくなった経験さえあるのに、虫に対する愛情が変わらない豪胆ぶりがすごい。

「虫好きもほどほどにしてくださいね……」

と詩雪も窘めてから青い蝶を見る。部屋の灯りに照らされて、羽の瑠璃色が眩しいばかりに輝いている。確かに美しい、そう感じた時、ふと思いついた。

　小鈴の手に止まっていた蝶を自分の手に乗り移らせると、そのまま沈壁の方へ。

「莉雪？　ど、どうしたの？」

　急に近くまできた詩雪に戸惑ったのか、恥ずかしそうに頬を染める沈壁に、詩雪は微笑みだけを向けて蝶を彼女の頭に止まらせた。

　沈壁の美しい黒髪に、青い蝶がその美しい瑠璃色を広げて鎮座する。

「わあ！　素敵です！　青の玻璃《はり》を用いた繊細な髪飾りみたいです！」

　小鈴が感嘆の声を漏らす。

「沈妃様は何もしなくとも美しいですが、陛下の目を引くためにはこれぐらいは着飾っても良いかもしれませんね」

　詩雪がそう言うと、沈壁は面映ゆそうに微笑む。

「なんだか、莉雪って王子様みたいなことを時折、平然とするから……戸惑ってしまうわ」

「……え？　王子？」

　詩雪は少しだけ狼狽えた。王子ではないが、一応公主ではある。

「分かります、分かります」

　小鈴が何度も頷く。

詩雪としては、そんな王族らしい振る舞いをした覚えはないのだが……。

なんとなく居た堪れず、詩雪はごほんと咳払いするのだった。


池に浮かぶ小舟の上で、椅子に座る沈壁の隣に侍りながら、小鈴は困惑していた。

今日は、星見の宴の日。

後宮の妃達がこぞって参加しており、冷宮に送られていた沈壁も、先の瑞鳥の件を評価されて招かれている。

詩雪の話では、この宴に参加して、王と沈壁が顔をあわせさえすれば瞬く間に恋に落ちて、一躍王后にまで上り詰められる可能性がある、ということだったのだが。

「こんなところにいたら、陛下にお会いすることなんてできない」

小鈴は、提灯に照らされて賑やかな岸辺を睨むように見た。

岸辺には、豪奢な椅子に座る二人の貴人がいた。呂王太后と誠国の国王忠賢だ。

そしてこの二人の貴人の前には、岸辺近くでとまる小舟が数隻。そこには華やかな衣装を身に纏う妃とその侍女が乗っている。

妃達は誰も彼も、呂芙蓉のお気に入りの者達である。

そして、それらの集まりから少し離れたところにも妃を乗せた小舟が十数隻。最も岸から離れた場所に浮かぶのが、沈壁を乗せた小舟である。正直ここからでは、王と目を合わせることすら難しい。辛うじて顔は視認できる距離かもしれないが、王と沈壁の乗った船の間には、たくさんの他の妃を乗せた小舟があり、隠れてしまっている。

今日の星見の宴は、以前とは趣向を変えて池に小舟を浮かべて楽しもうという話だった。小鈴はそれはとても素敵だと思ったのだが、池の上に浮かべられた状態ではもう他の場所に移動ができない。

王に声をかけてもらえるかもしれない位置には、呂芙蓉のお気に入りの妃がいるのを考えると、これが王太后の策だというのは明らか。

瑞鳥の件で、沈壁の冷宮送りが解かれるかもしれないと思ったが、頑なに王と会わせないようにしているところを見るに、呂芙蓉にはそのつもりはないのだろう。

「……仕方ありませんね。ただ、色々と気を回してくださった莉雪には悪いことをしました」

戸惑う小鈴のとなりで、沈壁の気落ちした声が聞こえる。

「沈妃様……」

眉根を寄せて、小鈴は痛ましげに沈壁を見る。

沈壁の頭の左右に青い蝶が止まっている。神秘的な自然の瑠璃色を身に纏う沈壁は本物の仙女のように美しい。でも、王の目に留まることができなければ意味がない。

(どうして、こんなにお優しくて誠実な方に、祝福が訪れないのだろう。凶獣・窮奇を封じて国を興した仙人様は、誠実こそが最高の美徳だとおっしゃっていた。でも……誠実であっても報われず、誠実でない人が報われている)

賑やかな呂芙蓉の周辺と、気落ちしている沈壁を見て、小鈴は世の理不尽を嘆いた。

「ごめんなさい。莉雪さん……」

最後に、力なく友の名を呟くのだった。


「やられた」

低木の茂みに隠れながら、詩雪は小声で嘆く。

療養殿での仕事を片付けて、星見の宴の様子を見にきたのだが、あまりにもひどい有様である。

王のいる岸辺の周辺には、灯りに集まる羽虫のように小舟が密集している。その小舟一隻一隻に美しく着飾った妃とその侍女が乗っていた。

そして賑やかな岸辺のあたりを遠目に眺めるだけのあぶれた小舟が何隻もある。

例えば、沈壁をのせている小舟がまさにそれだった。距離でいえば、王とはそこまで離れていない。だが、王と沈壁の間にはたくさんの妃達がいるため目に触れるのが難しいのだ。

星見の宴は、全ての妃が平等に王に謁見できる機会のはずだった。だが、呂芙蓉の介入で、彼女のお気に入りの妃しか王と顔合わせできない状態になっている。

後宮の大池で、趣向を変えた宴を行うと聞いた時、少し悪い予感がしたのだ。

まさか、沈壁と忠賢を会わせないための罠だったとは。

詩雪は、毒づきたい気持ちを抑えて遠目に忠賢を見る。

久しぶりに見る忠賢だった。幼い頃の面影はあるが、やつれて見えた。

椅子にもたれかかり、無気力そうな落ち窪んだ目で手に持った杯を眺めている。

何故か泣きそうになった。詩雪が後宮から逃げ出した後、彼に何があったのだろうか。

痛ましく思っていると、不快な笑い声が響き渡る。

つまらなそうにしている忠賢とは対照的に、彼の隣に座る呂芙蓉は楽しそうに声を上げていた。

呂芙蓉の周りには彼女のお気に入りの妃達が侍る。どうやら小舟を降りて側まで来たらしい。

（何が趣向を変えた宴だ。結局降りているではないか）

妃達の甲高い声は、少し離れた場所で様子を窺う詩雪の耳にも入ってくる。呂芙蓉を褒めそやす言葉ばかりだ。

王と妃を出会わせるための宴だったはずだが、今はもうなんのための宴なのか分からない。

（妃達が用いる呂芙蓉への褒め言葉に、本当にそう思っているものがあるのだろうか。何が誠実。何が美徳。結局は、誠実でないもの達こそが得をする）

今頃沈壁らはどんな思いでいるだろうか。やっとの思いの顔合わせ、そう思って宴に参加しただろうに。

誠実なものほど、理不尽が訪れる。

思わず、詩雪が顔を顰めていると……。

「もう帰りましょう、詩雪様」

ここにはいないはずの人物の声と気配がして、詩雪は慌てて振り返った。

一瞬ただの幻聴だと思ったが、幻聴ではない。目の前に、先ほど声をかけてきた人物、晶翠がいた。

銀糸で唐草紋様が刺繍された濃緑地の袍服《ほうふく》をすらりと着こなし腕を組み、詩雪を見下ろしている。

「しょ、晶翠……？」

「宮城に出入りする商人に紛れて入ってきちゃいました」

「いや、入ってきちゃいました、ではなくて……」

男子禁制の後宮に入ってきているというのに、さすがに堂々としすぎではないだろうか。

驚きすぎて、言葉が続かない。

戸惑う詩雪の前で、晶翠は膝を折ると、詩雪の手をとった。

「ああ、お労しい詩雪様」

そう言って、晶翠は荒れた詩雪の手を頰に重ねて、うっとりとした顔をした。

何度も夢に見た晶翠の姿と重なる。

だが、重ねられた晶翠の手が、夢で感じた以上に熱い。

その優しい熱に詩雪の意思も決意も全てからめとられそうに感じて、思わず手を引き抜いた。

晶翠は、「あ」と小さく声を漏らし、離れた詩雪の手を名残りおしそうに見る。

「ひどいです、詩雪様。久しぶりの再会だというのに。もう少しぐらい触れていても良いではありませんか」

「それどころではない。商人に紛れてきただと!?　一体何を考えているんだ」

後宮に無断で入ったとバレたら命はない。

呆れたように詩雪が言うと、晶翠はニコリと笑った。

「私は常に、詩雪様のことを考えております」

相変わらずだった。思わず詩雪は天を仰ぐ。

「さあ、詩雪様、もうこんなところは出ていきましょう。詩雪様はもう十分頑張りました。しかし頑張ったとしても報われないこともあります。今がまさにそれです」

「お前に、私がやろうとしていることがわかるのか？」

「ええ、もちろん。なにせ愛する詩雪様のことですからね。弟君に会いにきたのでしょう？　そしてあわよくば、詩雪様を蔑ろにした者に報いを与えにきた」

晶翠の言葉に、詩雪は眉根を寄せる。

「……やはりお前は、私の素性を知っていたのか」

「ええ、詩雪様が公主であるということは、最初から知っておりました」

悪びれることもなくニコリと笑う。そんな気はしていたが、こうもあっさり白状するとは思っていなかった。

「私が公主だから助けたのか？　一体何が目的で」

詩雪の言葉は最後まで続かなかった。晶翠が詩雪の顎に手をかけ、唇に親指を重ねたからだ。

顔を上に向けられ、晶翠との距離が近い。

「私が、詩雪様を助けたのは、公主だからではありません。詩雪様だから助けたのです。それと詮索はお互いしないというお約束ですよ」

「だが、私ばかりが一方的に知られている……」

「私は貴方様に嘘をつきたくありません。詩雪様とて、嘘をつかれたくないでしょう？　どうかお尋ねになりませぬよう」

子供に言い聞かせるような口調の晶翠に、詩雪は不満気な視線をぶつけてみた。だが晶翠は、気にすることなく、むしろ詩雪の視界に入れたことを喜ぶように笑みを深くする。

（本当に、この男は、相変わらずだ……）

内心で嘆き、顎にかけられた晶翠の手をはらう。

これ以上の追及は諦めた。

晶翠の言う通り、詩雪が問うたとしても嘘をつかれるだけだろう。詩雪には、嘘を見破る術はない。

「さて、詩雪様、それではそろそろ帰りましょう」

「何を言っているんだ。帰るつもりはない」

あまりにも自然に帰ろうと言われて、詩雪は戸惑いながらそう答える。

「何故？　これ以上ここにいても、報われることはありません。ここは不誠実である者こそがのさばる園。詩雪様にできることはないのです。それよりも、あの家で、あの山で、私とともに暮らしましょう。春はともに花を愛で、夏は川の冷たさに笑い合い、秋は実りに感謝を捧げ、冬は雪を眺めながら火にあたる。穏やかな日々を、私とともに」

晶翠の言葉には抗い難い魅力があった。そうやって穏やかに暮らしていく日々が鮮明に浮かんでくる。

帰りたい。

詩雪は強く思った。あの家に、あの山に。後宮は、もう詩雪の帰るべき場所ではない。

詩雪は、意識して口を閉ざした。

このまま口を開けば、帰ろうと言ってしまいそうだった。それをどうにか堪えている。

そんな詩雪の耳に、さらに晶翠は語りかける。まるで追い討ちをかけるかのような、甘い声で。

「詩雪様、あちらをご覧くださいませ。貴方様の嫌う女の方を」

詩雪は戸惑いながらも、晶翠が示す場所に目を向ける。先ほどまで詩雪が様子を窺っていた呂芙蓉達がいる場所だ。

詩雪は、晶翠に促される形で再び、呂芙蓉の様子を盗み見る。

「そうだ、忠賢。そなたに紹介したい妃がおるのじゃ」

妃達との会話に興じていた呂芙蓉が、そう言って忠賢に話しかけていた。

そして、一人の妃を手元に招き、親しげにその肩に手を置く。

「そなた、仙女という噂の沈妃に会いたいと言っておったろう？」

その言葉に詩雪は目を見開いた。

呂芙蓉がまるでそこにいる妃が沈壁であるかのように言って紹介した。しかしもちろんその妃は沈壁などではない。呂芙蓉の取り巻きの妃の一人だ。

しかし、何も知らない忠賢は、先ほどまでの無気力そうな目に光を宿して、紹介された妃をみやる。

嘘を聞き分ける忠賢を警戒して、具体的な言葉を避けているあたりが狡猾だった。

「そなたが、様々な奇跡を起こした、仙女なのか？」

忠賢の言葉に、コクリと妃は頷く。

呂芙蓉と事前に打ち合わせでもしていたのか、妃は言葉にせず、頷くことで肯定した。

妃の誰にも興味を示さないでいた忠賢が、彼女をじっと見つめている。

今まで、どんな妃にも見向きもしなかったあの忠賢がだ。

「ほら、ご覧なさい。また偽りが勝ち誇って笑っている。この世はなんと残酷なことでしょう。誠実であるものこそが報われない」

戸惑う詩雪の後ろで、演技がかった口ぶりの晶翠が言う。

詩雪は何も言えないでいた。いやらしい笑みを浮かべる呂芙蓉が憎たらしい。

「詩雪様、私は分かっておりますよ。貴方様が常に誠実でありたいと思っていること。ですが後宮に入るために名を偽り、姿を偽り、言葉を偽り、話を偽り、今の貴方様の中に誠実と呼べるものがどれほどありましょうか。貴方様はそのことに本当はとても心を痛めている」

胸の内を見透かされたような気がして、詩雪は軽く振り返って晶翠に視線を移した。

晶翠の言う通りだ。母の言葉に従って、誠実に生きたいとは思っている。だが、何の力もない詩雪には、嘘や偽りが必要なのだ。力弱い詩雪は、ただただ真っ直ぐであるだけでは生きられない。

母の面影がある沈壁と接する度に、胸が痛む。

彼女は詩雪を偽名で呼ぶ。詩雪は嘘と偽りを纏った姿で、あの誠実な少女と接しているのだ。

「詩雪様、もう楽になって良いのです。帰りましょう。私はこれ以上、詩雪様に、誠実が踏みつけられ、偽りに汚された世界を見せたくありません。私とともに、私だけを頼りにして、二人で暮らしていきましょう。私の前では偽らなくて良いのです。私は嘘偽りない貴方様を甘やかし、愛することができます」

詩雪の耳に、晶翠の甘い言葉が響く。

晶翠の言う通り、彼とこのまま帰って彼に甘やかされて生きていく方が楽だ。悲しみも、憎しみも、怒りも、全てが遠い世界の出来事になる。理不尽を目にすることがなくなれば、世の中は誠実であれば誰もが救われるのだと信じていられる。

だが……。

「……晶翠の誘いは魅惑的だな。だが、もう遅い。偽りに汚された世界を見せたくない？　何を今更。私はとうの昔にそんな世界を見飽きている。嘘や偽りの強さは十分に知っている。だからこそ……誠実さが眩しいのだ」

詩雪がそう言うと、初めて晶翠の顔が曇った。

「誠実なものが踏みつけられていたら、その踏みつけている足を私が蹴ってやる。そのために、私自身に誠実さがなくなろうとも、纏った嘘や偽りがこびりついて取れなくなったとしても、構わない」

そう言って、詩雪は、地面に置いていた大きな布袋を手に取った。この袋は、もしもの時のために、詩雪が事前に用意していたもの。

「それは……?」

怪訝そうな晶翠の声に、詩雪は笑みを浮かべる。

「誠実への、道標だ」

そう言って、布袋の口を開けた。

すると、ふわりと宙に青が舞った。蝶だ。小鈴が育て上げた青い蝶。少なくとも二十四はいるだろう蝶の群れは袋から飛び立つと、真っ直ぐ妃達の乗る小舟が浮かぶ池の方へ。

「なんだ、これは……蝶?」

突然、目の前を横切っていく青く美しい蝶の群れに、沈璧と紹介された妃を見つめていた忠賢が声をあげる。

真っ直ぐどこかを目掛けて飛ぶ蝶に驚き、小舟に乗った妃達は、身をのけぞらせ、しゃがみ込んだりして蝶に道を譲る。

蝶の通り道が開く。そして蝶は真っ直ぐ、とある一つの小舟に向かった。

沈璧がいる小舟だ。

蝶は、沈璧の衣に止まる。まるで、月光の下、青く光る衣を身に纏ったかのような沈璧はあまりにも幻想的で美しかった。神々しいまでの彼女の姿を見れば、誰もが彼女は特別な存在であると思うだろう。

そして、蝶が開いた道のおかげで、その神秘的な美しさが忠賢の目に入るのを阻む障害物はなくなった。忠賢の瞳に、青の蝶を纏った沈壁が映る。

「美しい……」

忠賢の口から思わずといった具合に溢《こぼ》れた言葉。

「母上、彼女は、あの妃は誰なのですか」

惚けた様子の忠賢にそう尋ねられた呂芙蓉は、忌々しげに眉根を寄せた。

何も答えない呂芙蓉に、忠賢は焦れたような視線を寄越し、ハッと目を見開いた。

「まさか、彼女が、沈妃か……？」

「ち、ちがいます陛下！　陛下がお探しの仙女は、この私……！」

先ほど自分が沈妃であると偽った妃が、慌ててそう声を立てた。

呂芙蓉がそれを聞いて焦った様子で「だまりゃ！」と声を荒らげる。

呂芙蓉に怒鳴られた妃はびくりと肩を震わせた。

「母上、お抱えの妃の躾があまり行き届いていないようですね。私の耳は嘘を聞き分ける。……先ほどの言葉は、偽りの音がした」

ここにきて妃は自身の失言に気づいたようで息を呑んだ。

忠賢は呂芙蓉に対して軽蔑するような視線を送った後、妃達が乗っている小舟に飛び乗った。突然のことで、驚きの声をあげる妃達に目も向けず、ひょいひょいと軽い足取りで、小舟を渡り歩いていく。

そして、先ほどの蝶達のように、真っ直ぐ、沈壁の乗る小舟へ。

「貴方が、沈妃か」

「は、はい。沈壁と、申します」

突然のことに目を丸くしながらも沈壁は忠賢の問いに肯定を示す。

忠賢は、しばらく魅入られたかのように沈壁を見つめていたが、沈壁が不思議そうに首をかしげると慌てて口元を手で覆った。顔が真っ赤になっていた。

「あ、その、突然、すまない。あまりにも美しくて……いてもたってもいられなかった」

照れ臭そうに忠賢がそう言えば、沈壁も彼の熱が移ったかのように頰を朱色にそめていく。面映ゆそうに笑う沈壁の手を忠賢がそっと包み込むようにしてとると、二人は見つめ合った。

月明かりのもと、見つめ合う二人はあまりにも美しかった。

周りの妃や宦官、宮女達の多くは、まるで物語から抜け出てきたかのような二人に、嫉妬するのも忘れてほうとため息をついて見惚れている。

ただ呂芙蓉一人だけが、憎々しげに目を吊り上げて、二人を睨みつけていた。赤い紅を塗った唇が、ワナワナと震えている。

（ふ、呂芙蓉め、思惑が外れてずいぶんと悔しそうだ）

今にも金切声をあげて暴れ出しそうな呂芙蓉を見て、詩雪の顔に意地の悪い笑みが浮かぶ。

そして、忠賢と沈壁の様子を改めて見た。

お互い頬を染めながら見つめ合う様子に、詩雪はホッと胸を撫で下ろす。

「良かった。上手くいった。万が一のことを考えて、沈壁の衣に蝶の好きな蜜を塗っていたのだ。美しい蝶が集まる様子は想像以上に目立っていたな。なかなか骨が折れたが、報われた」

詩雪はそう言って、後ろを振り返る。

そこに晶翠がいると思ってのことだったが、先ほどまでいたはずの晶翠の姿はなかった。

第四章

沈壁は、星見の宴にて見事に誠国の王・忠賢の心を射止めた。

目論見の外れた呂芙蓉は苦い顔をしていたが、忠賢は珍しくも強硬な意思を見せて沈壁の冷宮送りを解除し、上級妃の称号を独断で与えるに至った。

そしてその星見の宴の数日後、早速とばかりに沈壁は忠賢に呼ばれた。

忠賢が後宮を開き、妃を呼ぶのはこれが初めてのこととなる。

「わがままを聞いてくださって、ありがとうございます」

忠賢の住う殿で王の訪れを待つ沈壁に向かって、詩雪は頭を下げた。

王に呼ばれた妃の付き添いは、筆頭侍女である小鈴のはずだが、今日ついてきたのは詩雪だった。

異母弟と会うために、沈壁の付き添い役を小鈴から譲ってもらったのだ。

「私の冷宮送りの身の上が改善されたのも、貴方のおかげ。貴方がいなかったらここまで来れなかった。感謝を申し上げたいのは、私の方です。それに、私としては貴方を近々侍女にと思っているのよ」

「恐れ入ります」

いつもの優しい沈壁の言葉に心が温かくなる。それに、今日は念願の異母弟との対面だ。気持ちが高揚している。

そうしていると、とうとう扉が開いた。

「沈妃、待たせた」

　そう言って現れたのは、誠国の王、詩雪の異母弟でもある忠賢である。龍が金糸で刺繍された藍色の長袍《チャンパオ》を立派に着こなしている。部屋に入るなり、側仕えの宦官らを下がらせると真っ直ぐ沈壁の元へ。

　間近で見た弟の成長に、詩雪は喜ばしい気持ちになった。

「陛下、ご挨拶申し上げます」

　椅子から立ち上がった沈壁が頭を下げようとすると、忠賢がそれを止めるようにして沈壁の手をとった。

「そなたは、仙女だ。そのようなことをせずとも良い」

　そう言って、笑いかける忠賢を沈壁は戸惑うように見上げた。

「あの、その件なのですが……」

　と言いにくそうに口にする沈壁の言葉を遮るようにして、忠賢が口を開いた。

「仙女よ！　どうか、私を救ってほしい！」

　懇願するような忠賢の言葉に、思わず詩雪は目を見張った。

　沈壁が戸惑っていることに気づいているのかいないのか、忠賢はさらに続ける。

「母上が恐ろしい。それに寛国の奴らも恐ろしくてたまらない。ここに私の居場所などないのだ！　どうかそなたの仙女の力で私をここから逃がして欲しい！」

思ってもみないことを言われたのだろう。沈壁は絶句している。詩雪とて愕然としたが、すぐに怒りに似た感情がカッと湧いてきて口を開いた。

「何を仰せになるかと思えば！　陛下が逃げ出した後、この国はどうなるのですか！　呂王太后と寛国に支配されているこの国の民は！」

沈壁ではなく、その隣の侍女に捲し立てられて、忠賢は目を見開いて詩雪を見た。しかしすぐにその眼差しが鋭いものとなる。

「そんなの……私がいたとてどうなることでもない！　私は、私はもう疲れたのだ！」

「つまりは見捨てるということか？」

詩雪が追及すると、忠賢は唇を噛む。

「お、お前に何が分かる！　そもそも、一介の宮女風情が私にそのような態度をとるのが許されると思、ブフォッ……」

忠賢は話の途中で横に吹っ飛んだ。詩雪が握り拳で殴ったからである。予想もしていなかった衝撃に、忠賢はなす術もなく床に倒れ込む。

「へ、陛下!?　大丈夫ですか!?」

ハッとして駆け寄った沈壁が忠賢に声をかけ、詩雪は弟を殴った右手をぷらぷらと振った。

「痛い……。人を殴ると痛いのだな……」

衝動的に殴ってしまった。しかし、王としての責任を果たさぬくせに、その権利だけは主張する異母弟を見ていられなかった。

今まで殴られたことがないらしい忠賢は、殴られた頬に手を添えながら信じられないと言いたげに詩雪を凝視していた。

詩雪はそんな忠賢を見下ろした。

「お前はいつも誰かの陰に隠れてばかりだな。寛国が恐ろしくて呂芙蓉の陰に隠れ、その呂芙蓉が恐ろしくなって今度は年若い妃の陰に隠れようとしている。お前の父親は糞野郎だったが、王という責任は背負っていたぞ」

「え……?」

呆けたような顔で詩雪を見る忠賢の顔が、かつての幼い忠賢と重なり、このような時なのに、懐かしくなった。思わず頬が緩む。

「忠賢、姉の顔を忘れたか」

詩雪がそう声をかけると、忠賢は目を見開いた。

「あ、姉上……?」

「そうだ。久しぶりだな、忠賢」

そう言って、倒れ込む忠賢を立たせようと手を伸ばす。しかし忠賢はすぐに、訝しげに眉根を寄せた。

「いや、でも、姉上はもっと美人だった。……しかし嘘の音がしない、おかしいな……」

などと言って耳を触っている。自分の耳の調子が悪いとでも思っているようだ。

詩雪は自分が変装をしたままだったことを思い出すが、名乗ってもいることだし、異母とは言え弟なのだからそこは気づいてほしかった。

これから感動の再会、と思っていた詩雪は出鼻を挫かれた思いで、近くの水さしの水で手巾を濡らし、顔に擦りつける。

顔に塗りたくった化粧を落とすためだ。

「これで、どうだ」

そう言って化粧をとった顔を見せると忠賢は大きく目を見開いた。

「その美しいお顔は、まさしく姉上！　生きておられたのですか!?」

そう言ってよろよろと立ち上がろうとする忠賢の手を、詩雪は引っ張って起き上がらせる。

「今まで、会いに行けずにすまなかった」

そうして久しぶりに、姉と弟は再会を果たしたのだった。

詩雪と忠賢は改めて卓に座り直した。

それまでの会話で諸々の事情を察した沈壁が、二人が座る卓の近くで立つ。

「沈妃もどうか座ってほしい」

「いいえ、私はこのまま立たせてください。陛下とその姉君が座る席に、私は座れません」

「いや、どうか。座ってくれ。私の不手際で、その……巻き込んでしまった。すまなかった……。つい、勢いで……」

と謝罪の言葉を口にすると、沈壁は椅子に座ってくれた。

本当に沈壁を巻き込むつもりはなかった。どうにか隙を見つけて、ひっそりと忠賢に接触するつもりだったのだが、後先考えずに忠賢を殴りつけて身分を明らかにしてしまった。

「謝らないでください。私としては、莉雪が、いえ、詩雪様の正体がわかって妙に納得しているぐらいなのです。詩雪様が身分を伏せたご事情も理解しております」

「ありがとう、沈妃……」

「詩雪様、それよりも、陛下とお話ししたいことがあるのでしょう？　時間には限りがございます。私のことはおいて、どうぞ陛下と」

沈壁にそう促されて、忠賢を見る。

するといまだに、不思議そうな顔をして詩雪を見ていた。

「どうしよう。まだ、正直、信じられない……。本当に、姉上が……？　まさか、夢でも見ているのか？」

そう言って、自分の頬をつねっている。

いまだ受け入れられないらしい。

「忠賢」

「は、はい！　なんでしょうか、姉上！」

詩雪が名を呼ぶと、ピシリと背筋を伸ばした忠賢がそう答えた。

なんだか妙に緊張しているというか、怯えているような気がする。

「その、先ほどは、殴ってしまって申し訳なかった。自身よりも立場の弱い者に対して、あのような態度をとっていることに我慢できず、つい……。もう痛みはないか？」

「はい！　もう問題ありません！　ありがとうございます！」

なんの感謝なのだろうか。妙にかしこまっているのは、先ほど殴ったことで怯えさせてしまったからだろうか。

「ほ、本当に、大丈夫なんだな？」

「は、はい！　ありがとうございます！」

「だが、なんというか、今までと様子が違うぞ……？　本当は殴ったところがまだ痛いのではないのか？」

恐る恐る詩雪がそう問うと、忠賢はきょとんとした顔をした後、微かに微笑んだ。

「いえ、あの、違うんです。その……嬉しくて……」

「わ、私に打たれて、嬉しかったのか？」

知らないうちに異母弟に変な性癖が目覚めかけている。詩雪は内心震えた。

「ち、ちがいます！　そうではなくて！　姉上が生きてらしたことが嬉しく、そして以前のように芯の強い姉上であることが、誇らしいのです」

そう、面映ゆそうに答えた。また、幼い頃の忠賢の面影が濃くなって、懐かしさに息を呑んだ。

「それに、悪いのは私です。姉上に叱責されても当然の、愚かな感情に囚われていました」

素直な忠賢の言葉が懐かしい。詩雪が知る忠賢だ。

忠賢は確かに、少し気の弱いところがある。だが、周りにどれほどの悪意が溢れようとも、その悪意に染まらない強さを持っていた。

誠実を美徳とする誠国の王として相応しい、何ものにも染まらない純真さだ。

「忠賢……。いや、私も考えが足りなかった。忠賢が辛い立場であることを分かってはいたのだ。何かに縋ろうとしてしまうのも、当然のことかもしれない」

詩雪の言葉に、一瞬目を丸くした忠賢はそこでふふと柔らかく微笑んだ。先ほどまで緊張のためかガチガチになっていた肩の力も抜けている。

「姉上……。やはり、姉上は姉上ですね。生きていてくださって、会いにきてくださって本当に、ありがとうございます。しかし懐かしんでばかりもいられませんね。姉上が私の元にきたのは、何も昔を懐かしむためではないのでしょう?」

弟に促されて詩雪は頷いた。

沈壁が言うように、時間は有限だ。詩雪には色々と確認しないといけないことがある。

「早速なのだが、私が後宮から追われた後のことが知りたい。とりわけ、四凶の一角、欺瞞の窮奇について教えてほしい」

「はい。聞かれると思っていました。どう説明すればいいのか、実は私もよくわかっていないのですが、一つ言えるのは……窮奇の封印は、確かに解いたのです」

その言葉に詩雪は目を見開いた。

「……では、今、四凶の獣である窮奇が野放しになっているということか?」

「それが……そのはずだと思うのですが、そうじゃないのかもしれなくて……。地下に降りたら、見たこともないほど太い鎖に繋がれた獣がいたのです。銀毛の獅子の姿で、背中に蝙蝠《こうもり》のような黒羽。身の丈は人の三倍はあったと思います」

忠賢の説明に詩雪は眉根を寄せた。幼い頃に母に聞かされた四凶の獣の話を思い出す。

嘘をつけば、嘘が大好きな窮奇がやってきてムシャムシャと食べてしまうのだとか。大きな牙に爪を持つ怪物は、誠国にいる者ならば誰もが恐れる存在だった。

「本当に、そんな獣が地下にいたとは……」

詩雪の呟きに、忠賢はどこか怯えた表情で頷くと、当時起こったことを語り始めた。

「窮奇は、人の言葉を解することができて、私と母上は少しだけ会話をしました。窮奇は王の下僕で、王の命なら言うことを聞くと言っていた。それを聞いて、母上は喜んで窮奇を縛っていた鎖を解いたのです。でも……」

そう言って、忠賢は顔を曇らせた。

「鎖から解放すると、窮奇は姿を消しました」

「なん、だと……？　その後、どこに行ったのか分かっているのか？」

詩雪の問いに、忠賢は首を横に振る。

「分かりません」

忠賢の話を聞いた詩雪は思わず言葉を失った。

解かれた鎖、突然消えた凶獣。つまり、凶獣はすでに鎖のない状態で、外を飛び回っている。

眉を顰めて詩雪は慎重に口を開く。

「つまり、窮奇の封印は解かれたが、そのままどこかに行ってしまったということか？　確かにそれならあの女が寛国の属国として大人しくしていることにも納得がいく」

他国を侵略できる力がなければ、何もできない。

「それで母上は怒り狂って、窮奇が消えたのは私の力が足りないからだと……。後宮を開いたのも、次の王の力を持つ後継者を妃に生ませるためです」

「仙人の力を強く受け継ぐものが生まれたら、その子を使って窮奇を呼び戻すつもりということか？」

「多分……。そして用無しになった私はおそらく殺される」

悲しそうにそう呟く忠賢を詩雪は痛ましそうに見た。呂芙蓉は、忠賢にとっては母だ。母親が己の私欲のために子を平気で殺そうとしている。あり得ないと思いたいが、呂芙蓉ならば平然とやってのけるだろう。

「下衆なことを……」

「では、陛下が妃方に興味を持てないのも当然のことですね」

沈壁がそう声をかけると、忠賢は頭を下げた。

「すまない。私が後宮を避けることで、妃達に迷惑がかかっているのは分かってはいたんだ。沈壁のことも、不遇な扱いを受けていることは知っていた。でも、自分からは動けなくて……でも君の力が本物だと思って……今まで見捨てていたというのに、力を持つ君に頼ろうとした。君の力は、姉上が仕組んだことだよね？」

「はい、申し訳ありません」

「忠賢、悪いのは全て私だ。私が全て謀ったのだから」

謝罪する沈壁を庇うように詩雪が弁解する。すると忠賢も慌てて両手を振った。

「いや、謝らないでください。悪いのは私です。我ながら情けない。姉上がお怒りになるのも当然です」

忠賢はそう言って、背中を丸める。

「いえ、そんな！　陛下、頭をお上げください！　陛下に嘘をついた私の方がよっぽど罪深いのですから……！」

萎びたような忠賢の顔を、沈壁が慌てて上げさせようとしていた。

こんなことになったが、なんだかんだ二人がいい仲になりそうで、少しだけ詩雪は微笑ましい気持ちになった。だが、まだまだ大きな問題を抱えたままだ。

「……一体窮奇はどこにいったのだろうか」

詩雪の呟きに、忠賢はハッと顔を上げた。そして少し複雑な顔をしたあと口を開いた。

「そのことなのですが、窮奇との会話で気になることがあって……」

「気になること?」

「窮奇は、母上との会話で一度も嘘をついていなかった。つまりは全部本当のことを言っていたのだと思うのです。そうすると、一つだけおかしいことがあって、窮奇は『王は死んでいない』って言ってました。でも、父上は殺されていたはず……」

「窮奇自身は父上の死を見ていない。死んだと認めてないから、その言葉が嘘にならなかったということは?」

「もちろん、その可能性もあります。けれど……窮奇の話ぶりからすると、窮奇と王には何らかの繋がりがあるように思えました。例えば死ねば分かるような、繋がり」

「……もしかして、父上は生きているのか?」

詩雪がそう言うと、忠賢も頷いた。

「その可能性があります。私が、父上の殺された場所に戻ってきたときには、もう全て片付けられていたため、父上の死体を詳しく改めることができなかった。母上も処分させたとしか言わない。でも父上は母上の目も欺いて、どこかに逃げたのかもしれません。窮奇が消えたのも、父上を追いかけただけということも」

忠賢の言葉を、詩雪は顎の下に手を置いて考える。

忠賢の推測も、確かにと思うところもあるが、しかし疑問は尽きない。先王が生きていたとして、何故今まで何もしてこない。先王は詩雪にとって、良い父親ではなかった。だが王としての責任感だけはあった。何もしないままというのは考えられない。

「……一旦そのことを考えるのはやめよう。もしかしたら、窮奇の言葉に嘘があったとしても、忠賢の耳でも嘘だと聞き分けられないという可能性もある」

「確かに、その可能性は否定できません。でも、父上が生きておられたら、姉上の力になるかもしれないと思って……」

思ってもみなかったことを言われて、詩雪は目を見開いた。

「私の力に……？　どういう意味だろうか」

「え？　だって、姉上は、母上と寛国の支配から誠国を救うために戻ってきたのでしょう？」

「いや、違うが……。私は、ただ忠賢の様子が気になって。それに窮奇のことも……」

と戸惑いつつ答えながら、詩雪は見ないようにしてきた自分の本当の目的に気づき始めていた。

「それって、突き詰めれば、誠国の未来を憂えてるからでしょう？　私の様子をしれば、宮中がどうなっているかもわかる。宮中のことがわかれば、今後の誠国のことも。窮奇のことだってそうです。窮奇がどうなったかによって、誠国の立場は大きく変わる。それに何より、これです」

忠賢はそう言って、少し赤くなった左頰を指差した。先ほど詩雪が打ってしまった場所だ。

「誠国の民を思ってお怒りになったのでは？」

忠賢の指摘が的を射過ぎていて、詩雪は気まずげに口をつぐんだ。

誠国という国に愛着などないつもりだった。一時期は、こんな国滅んでしまえばいいとさえ思ったほどだ。

でも、やはり見捨てられないのだ。

今までずっと憎んできた王族の血がそうさせているのだろうか。

詩雪は右の手のひらを開いた。先ほど忠賢を打ったせいか、まだ少し赤い。うっすらと見える血管をまじまじと見下ろしながら、誠国の民のことを思った。

寛国の属国となった誠国の民は、今まさに窮している。重税に苦しみ、誰もが余裕のない暮らしをしている。町は物乞いで溢れ、腹を空かせた子供達の泣き声と、諍いの声だけが響く。道ゆく人々の目に輝きはなく、頰はこけ、襤褸を着て力なく項垂れている。

一体彼らが、何をしたというのだろう。

詩雪は右手を握りしめると、顔を上げた。

「……そうだな。確かに、忠賢の言う通りだ。まったく、私の体に流れる王族の血はこまったものだな。王の力は与えてくれないというのに、義務ばかり背負わされている気がする。だがもうそういう性分なのだと諦めるしかなさそうだ」

詩雪が諦めたように笑ってそう白状すると、忠賢は眩しそうに目を細めた。

そして詩雪は顔を険しくした。これから言う言葉は、忠賢を傷つけるかもしれないと思って。

「己の心が決まった今、呂芙蓉をこのままにはしておけない。誠国の民は、もう持たない」

誠国を救うためには、呂芙蓉を排除せねばならない。

だが呂芙蓉は、あれでも忠賢の母親だ。忠賢は、幼い頃から呂芙蓉を恐れてはいたが、それでも母を求める子としての悲しい執着があったように思えた。

「もちろん、分かっています。母上を、いや、呂芙蓉を、私もこのままにするつもりはありません」

「分かっているのか？　彼女はあれでも忠賢の」

「分かっています。……私は、ずっとあの人の愛を求めてた。小さい頃から優しく笑いかけてくれることを期待していた。でも、そんな願いは叶わないって流石にもう、分かっています」

悲しい微笑みだった。だがそこに詩雪は確かに異母弟の覚悟を感じた。

「でも、姉上、相手は強大です。母上は直情的なところもあるけれど、基本的には頭の回転が速い。今では寛国の力を借りて、誠国を牛耳っている。文官や宦官の多くは、呂芙蓉に恭順を示すことで殺されずに宮中で働くことを許されているけれど、武力という脅威になりうる誠国の兵士達の多くは殺されている。今誠国にいる兵達は、みんな寛国の者だ」

忠賢の説明を聞きながら、詩雪はやはりかと頷いた。後宮にいながら僅かな機会に侍衛達を見ると、大体が寛国人特有の彫り深い顔立ちをしていた。

「厳しいな……。どうにか侍衛の目を掻い潜って呂芙蓉を討てたとしても、寛国から新しい統治者を送り込まれるだけか」

「そうです。呂芙蓉を倒し、そしてその後ろにいる寛国も黙らせる必要があります」

ただ支配者である呂芙蓉を討つだけで、誠国が救われるわけではない。

しかも、革命を起こせる武力は呂芙蓉が握っている。

ふと詩雪の脳裏に、とある武人の顔が浮かんだ。詩雪が後宮から逃げ出すときに、力を貸してくれた命の恩人だ。

「……張将軍を覚えているか？　彼がどうなったか、分かるだろうか？」

「張将軍は……たしか呂芙蓉が捜している武官の一人のはず」

その言葉を聞いて、詩雪は目を丸くした。

「捜している、ということは、彼は生きているのか？」

正直に言えば、張将軍は生きてはいないだろうと思っていた。あれほどの敵を前にして、よもや逃げ出せていたとは。

「はい。宮中からは出て行って……ただその後の消息はわからない」

「そうか……そうだったのか」

自分が無力なせいで、殺されてしまったのかもしれないとずっと思っていた。

あのあと逃げ出せた。生きているのかもしれない。そのことが詩雪をほっと安堵させる。

「張将軍ならば、もしかしたら呂芙蓉に対抗するための兵士達を集めてくれている可能性もある。とはいえ……まだ情報が足りなすぎるな。もう少し色々考えなくては……」

そう言って、詩雪は自身の考えに没頭するように顎に手を置き、下を向く。詩雪の考える時の癖だった。

「……どうして、私だけ力を持って生まれてしまったのだろう。姉上に力があれば、父上よりも誰よりも誠国の王に相応しい人になれると思うのに」

考えに没頭していた詩雪の耳に、ぽつりと溢れたような忠賢の言葉が届いた。ゆっくりと顔を上げると、忠賢が詩雪を見ていた。

「あ、すみません！　無神経なことを言いました……でも、あの悪い意味じゃなくて、その、姉上はすごい人だから……」

慌てふためく異母弟がおかしくて詩雪は笑った。

「別に気にしてない。……だが、私は、王に相応しい人ではない。誠実を美徳とする誠国の王族として、私は嘘をつき過ぎている。人を欺く手腕ばかり磨かれて……誠国の王には、やはり忠賢のような純粋で嘘や偽りに汚されない者こそ相応しいと思う」

詩雪はそう言ったが、忠賢は首を振った。

「違う。確かに姉上は、目的のためなら嘘をつくことも恐れないけれど、でも誰よりも誠実です。いつも人に対して真っ直ぐで、誰よりも信頼できると思える。誰かを救うための手段として、ただ嘘を用いるだけ。そんなことで、姉上のもつ誠実さは少しも汚れない」

異母弟の口から漏れた本心に、口を噤むしかなかった。すると、横で話を聞いていた沈壁も笑みを浮かべる。

「陛下のお気持ち、わかります。私もそう思うのです。詩雪様は、誰よりも誠実なお方。だからこそ私は、詩雪様を信頼できたのです」

詩雪は、沈壁からも思ってもみないことを言われて目をパチクリとさせた。なんだか少しだけ気恥ずかしい。

面映ゆい気持ちを抱えて視線を逸らす。

「どうしたんだ二人とも。からかっているのか？」

「まさか、からかってなど！　本当にそう思うのです」

忠賢は、嘘をつけない性格だ。あの悪意に塗《まみ》れた女の側にいてもなお、汚れることを知らない眩しいほどの素直さを、詩雪は何よりも尊敬している。そんな彼が言うのだから、忠賢が姉のことを誠実だと思っていることは本心なのだろう。

そうとは思うが、だからといって自分は誠実な人なのだと認められるほど、詩雪が生きてきたこれまでの経験は甘くない。

忠賢がどう思おうとも、詩雪は王族でありながら王の力は持たず、母が望むような誠実な生き方はできなかった。

詩雪は色々な感情を飲み込んだ。異母弟が、詩雪を慕っていることは伝わっている。そのことを今は、喜ばしく思いたい。

「ありがとう、忠賢。でも、私は王になれない。王はお前だ。だが、私も姉として力になりたいと思う。誠国を呂芙蓉と寛国の手から取り戻そう」

そう言って、詩雪は忠賢に向けて力強く微笑んで見せたのだった。


呂芙蓉はここ最近ずっとイライラしていた。

気に食わない妃・沈壁が、あろうことか息子である王に気にいられたからだ。

呂芙蓉にしてみれば、やろうと思えばいつでも殺せる。だが、沈壁には仙女であるという噂があり、後宮の中で妙な存在感を持っている。

呂芙蓉に仕えている者達の中にさえ、沈壁が仙女だと信じ込んでいる者がいるのだ。

安易に暗殺を命じれば、仙女の祟りを恐れて仕える宮女や宦官達が恐慌をきたし、面倒なことになる可能性が高い。

そのため、沈壁暗殺については慎重だった。だが、それも、今日までかもしれない。

一人の宦官が持ってきた真っ黒に焦げた木片を見て、にやりと笑った。

「これが沈壁のいた冷宮周辺に落ちていたというわけじゃな?」

「はい。呂王太后様の命に従い、例の宮の周辺を隈なく探しましたところ、他にも何か燃えかすのようなものがございました。しかも……一部のものは、改めて火を当てるとうっすらと緑に発光したと」

呂芙蓉はさらに笑みを深めた。

「やはりじゃ……！」

そう言って、呂芙蓉は宦官が布に載せて掲げていた焦げた木片を拾い上げた。

「あの碧鸞は偽物じゃ。おそらく凧のようなものに火をつけて飛ばしたのじゃろう。緑に発光するものとともにな！　ハハハ、大人しそうな顔をしてようやりおる！　まさか、妾を謀《たばか》ろうとするとはのう！」

呂芙蓉が高らかにそう言うと、宮女の一人佳玉が、衝撃で大きく目を見開いた。

「謀る？　では、仙女という噂は……」

「嘘に決まっておろう。あの蝶の演出も、これまでの噂も、あの女がしくんだことよ。ああ、嘆かわしいことじゃ。誠実を美徳とする我が国の中心地に、平気で嘘をつく輩がいるとはのう」

くつくつと楽しそうに笑った呂芙蓉は、ついと冷たい視線を佳玉に向けた。

「そういえば、そちも騙されておったようだのう？　妾よりも仙女に仕えたくてたまらないという顔をしておった」

呂芙蓉にそう言われて、蛇に睨まれた蛙のように佳玉は固まった。

「そ、そんな、わ、私は決してそのようなこと！」

「ふん、冗談じゃ。焦るでない。焦れば焦るほど、まるで真実のように思えてくるぞ」

そう言って、呂芙蓉は中指につけている鋭い指甲套《しこうとう》で佳玉の顎を持ち上げる。佳玉の怯えた顔を近くで見て楽しむようにしてまじまじと見下ろしたあと、口を開いた。

「容易く騙された罰じゃ。沈壁の始末はお前がつけよ」

「わ、私がですか!?　わ、私にはとても……」

「二度も言わすな。妾は愚かなものは好かぬ。……だが、まあいい。妾は心が広い。一つ助言を与えよう。李成を使え」

「李成さんを？」

「そうじゃ。沈壁は、妃向けの医官に相手にされないために、官奴向けの医療所から薬をもろうておると聞いてる。その薬に毒を混ぜるのだ。成功すれば、腑抜けの李成の処遇について今一度考えてもいい」

そう呂芙蓉が言うと、怯えるばかりだった佳玉の目の色が少し変わる。

「李成さんを、呂王太后様付きの医官に戻してくださるのですか？」

佳玉の問いに呂芙蓉はにたりと笑って頷く。

「ご温情感謝いたします！　私、必ず……あの偽仙女を亡き者にしてみせます」

欲に眩んだ目をした佳玉はそう言った。

異母弟に会うという、後宮に来た当初の目的は果たした。

だが、問題はさらに大きくなって詩雪の前に立ち塞がっている。寛国を後ろ盾に背負う呂芙蓉をどうにかせねばならないのだ。

そのためには、まだ情報が足りない。詩雪は、今までと同じように宮女としての仕事をしながら宮中に潜むしかなかった。

今日もいつも通り、包帯を洗うために外に出た。近々、沈壁の侍女になる予定ではあるのだが、何分療養殿の人手が足りない。その問題が解決するまでは、療養殿で働く宮女のままだ。

天気も良く、気持ち良い風が吹いている。絶好の洗濯日和。などと少し呑気な気持ちでいた時だった。

微かに、言い争うような男女の声が聞こえてきた。

ただごとではないような様子に、詩雪はあたりを見渡す。どうやら療養殿の敷地内にある倉庫の方から声がするようだ。

詩雪は、慎重に音を殺して倉庫に近づくと、壁に背中をつけた。すぐ近くに丸い小窓があるので、そこからそっと中を覗き込む。するとそこには、李成と佳玉がいた。

「そんなこと……私にはできません」

「何を言っているの、李成さん！　私達は、沈妃に騙されていたのよ！　仙女なんかじゃなかったの！」

「だからと言って……」

「それにね、聞いて！　貴方がこの仕事を果たしたら、また呂王太后様付きの医官に戻れるのよ！　出世よ出世！　今みたいに汚らしい官奴の相手なんかせずに、またあの頃のように過ごせるのよ！」

ただごとではない会話をしている。はっきりとは口にしていないが、おそらく呂芙蓉が沈壁の毒殺を企んでいるのだろう。

沈壁が仙女であると信じられている間は、手を出してこないと思っていたが、甘かったか。

もしくは、これまでの詩雪の仕掛けに気づいたのかもしれない。

「しかし、佳玉さん、私は……」

「お願い、李成さん、私の頼みを聞いて！　そうしなければ私の立場も危ういの。分かるでしょう？　ね、お願いよ！　李成さん、頼んだわよ！」

佳玉はそう言って、扉の方に向かう。詩雪は慌てて倉庫の角を曲がって身を隠して、佳玉が急ぎ足で去っていく背中を見送った。

（さて、どうしたものか……）

詩雪は壁に背中をもたれさせて、今後のことを考えた。

沈壁の身が危険に晒される可能性を考慮し、すでに毒には十分警戒している。毒味役もいるし、沈壁が口にするものは、必ず小鈴が用意するようにしている。それに、薬についてはいつも詩雪が用意していた。だから、李成が沈壁の薬を用意することはないし、もしそういうことがあったとしても決して口にしないように沈壁には言い含めているので、そう簡単に毒殺はできない。

とは言え、毒殺を命じられた李成をこのまま見て見ぬふりというわけにもいかない。

止める方法はいくつか思い当たる。一番簡単なのは、李成の命を奪うことだろう。だが、短い間とはいえ、一緒に過ごしていて情が湧かないわけがなかった。

上手く彼を説得して、こちら側に引き込むことはできないだろうか。もともと信頼のおける医官が欲しかった。

幸いにして、佳玉との話ぶりを聞くに、李成は毒殺を嫌がっている。詩雪の話を聞いてくれる余地はあるだろう。

意を決した詩雪が、倉庫の中へ入ろうとした時だった。

ガシャン、と焼き物の器が割れたような、硬い音が響いた。

嫌な予感がした詩雪が慌てて倉庫の扉を開けると、そこには何か鋭いものを首に押し当てようとしている李成の姿があった。

咄嗟に体が動いて、詩雪は彼に体当たりをしていた。李成はそのまま床に倒れ込み、彼の手から硬く鋭いものが落ちる。壺の破片のようだった。よくよく床を見れば、細かい壺の破片が散っている。おそらく、李成は自分の首を切る凶器を得るために、焼き物の壺を割ったのだろう。

「李成！　何をしているのだ！」

あまりのことに、本来の口調でそう声を荒らげる。

「……死のうとしたのです。ああ、莉雪、止めないでください……もうこれ以上、罪を犯したくありません……」

尻餅をついた李成は、片手で顔を覆って俯きながら、泣きそうな弱々しい声でそう溢した。

「李成……」

自らの命を絶ちたくなるほどに、呂芙蓉が命じた沈壁の毒殺が嫌だったのだろうか。気の優しい彼らしいと言えばそうかもしれないが、しかし、そうだとしても様子がおかしい。

「落ち着いてください。李成様。何があったのですか？」

詩雪が努めて冷静にそう問いかけると、李成がゆっくりと顔をあげた。病人のように青白い顔が浮かぶ。

「呂王太后が、私に、沈妃を毒殺せよと、そう命じられたのです。もう誰かの命を奪うのは、嫌だ、もう、嫌なのに……」

李成の告白に、詩雪は戸惑った。『もう誰かの命を奪うのは、嫌だ』ということは、以前も誰かの命を奪ったことがあるということではないだろうか。

「李成様は、今までに誰かを毒殺したことが……？」

「ええ、そうです。あの時も、呂王太后に命じられて……。殺さねば、医官としての道を断つと脅されたのです。当時の私は、薬殿の管理人。薬や生薬の管理はやりがいがあり、様々な調合の方法を勉強できる最高の環境でした。ですが、あの方を殺さねば、それらが全て奪われる。私は、だから、毒を盛って……」

ここまで話すと李成は、顔を両手で覆い泣き始めた。

おんおんと泣く李成を見下ろしながら、詩雪は固まっていた。もしかして、と思うことがあった。身体中の血という血が全て、凍りついたような気さえした。

「……李成、その時毒殺した相手は誰だ？」

「私が、毒殺したのは……秦元王后です」

頭が真っ白になった。先ほど身体中を凍らせていた冷たさが、身の内で燃える炎によって一気に爆発したような気がした。何も考えられない。

だが、李成は嘘を言っているようには見えない。

彼は確かに言ったのだ。秦元王后を、詩雪の母親を毒殺したのは自分だと。

「流行り病で死んだというのは、嘘なのか？」

「ええ、そうです。私が、診断を偽証したのです……」

いまだに肩を震わせて泣く李成は、詩雪の問いかけに淡々と答えていたが、そこでふと疑問に思ったらしい。恐る恐るといった様子で顔をあげ、不思議そうに眉を顰めて、詩雪を見た。そして、怒りに燃えた詩雪の目を見て、李成は目を見開き固まった。

「李成、お前が、母上を殺したのか……！」

怒りが詩雪を支配しようとしていた。己の身分が暴かれる危険を顧みずに言葉を発し、李成はさらに大きく目を開けた。

「まさか……貴方は、詩雪公主……？」

詩雪は言い当てられて、ハッと息をのんだ。これからどうするべきか、何を言うべきか、頭の中がぐちゃぐちゃで何も考えられない。

恐慌をきたした詩雪は、気づけば駆け出していた。一刻も早くこの場から離れたかった。この場から離れたら、母の死の真実も李成のことも、全部なくなるような気がして。

夢中で走っていると、後宮内ではあるだろうが、誰も手入れをしていない林のような場所に辿り着いていた。目の前の大木に両手を置いて、顔を下に向けて息を整える。苦しい。吐きそうだった。

「ああ、お労しい詩雪様……」

荒い息を必死に整えていると、後ろから声が聞こえた。心から心配するような声色を装いながら、その実どこか楽しそうな響きのある、晶翠の声。

先ほどから嫌なことばかりが続く。晶翠に対応するのも面倒なのに。

うんざりするような気持ちで、どうにか息を整えた詩雪は振り返った。

やはりそこには晶翠がいた。以前とは違い、藍色の宦官服を着ている。

「……晶翠、宦官になったのか？」

「いいえ。宦官にはなっておりません。ちょっと宦官の服をお借りして着ているだけです」

以前は宮城に通う商人に紛れて忍びこみ、今度は宦官に扮して侵入しているらしい。

「一体、後宮の衛士達は何をしているんだ……」

あまりにも杜撰《ずさん》な警備体制に呆れた。

「そんなことより詩雪様。どうやら大変なご状況のようですね」

眉尻を下げて、あたかも詩雪の身を心配しているような顔をしているが、どこか楽しそうに晶翠がそう言った。

ねっとりとした晶翠の口調が詩雪をからめとろうとしている。詩雪はただただ黙って、目の前の不気味なほどに美しい男を睨みつける。

「お可哀想な詩雪様。だから言ったではありませんか。こんなところにいるからそんな辛い思いをするのです。私と帰りましょう。私と二人で幸せに暮らすのです。辛いことも悲しいこともありません。貴方はただただ甘やかされていればいいのですよ」

「……私がここで帰れば、誠国はどうなる」

詩雪は力無くそう返した。弟とは再会し、そこで約束したのだ。誠国を呂芙蓉の手から取り戻すと。

だが、自分の口から溢れた言葉のあまりの力のなさに、目眩がした。もう諦めそうになっている。

「誠国？　こんな国、どうなっても良いではありませんか。詩雪様が、わざわざ心を砕かずとも良いのです。もともと詩雪様だって、こんな国滅べばいいと思っていたはずです。誠実こそが美徳？　なんと滑稽なのでしょう。不誠実な者が、誠実な者を騙して食い物にしているような国ですよ？」

確かにそうだと、詩雪は思ってしまう。

真に誠実な者は、虐げられ、呂芙蓉のような悪徳を重ねる者が幅をきかせている。

あまりにも理不尽だ。

詩雪は何も言えず、晶翠の次の言葉を待った。

どこまでも詩雪に甘く、優しいこの男が、巧みな言葉で詩雪を救ってくれるのを、心のどこかで期待しているのかもしれない。

「あの、李成とかいう男だって、善人のようなふりをしていましたが、詩雪様の母上を殺していた悪党でした。こんな者達が平気な顔で暮らす国を守って何になるというのです？」

晶翠の言葉を聞いて、詩雪はかつての李成のことを思い出していた。

詩雪がよく盗みに入っていた薬殿の管理人。ぼうっとしていて、どこか抜けているような宦官。その美貌で贔屓にされているのだという周りのやっかみも気にせず、医官の仕事に努めていた。その派手な見た目とは違い、純朴な性質の人間に見えた。

だが詩雪の母親を殺したのだ。

「ああ、もし気になるようなら、呂芙蓉とかいう女も、李成という宦官も消してあげますよ。邪魔な有象無象は全て消してしまえばいい。そうすれば貴方の心が手に入るというのならお安い御用です」

「……何を言ってる。そんなことできるわけが……。いや、呂芙蓉を殺したとて、それだけで解決する問題ではない、寛国の奴らの……んぐ」

話している途中で詩雪の唇に晶翠の親指が触れた。そして顎を持ち上げられる。晶翠の顔が近い。彼の銀の髪がサラリと落ちて、詩雪の頬に触れる。

「また難しいことを考えていらっしゃる。先のことなどどうでも良いのです。憎らしいあの女に復讐できたら、それで良いではありませんか？　そうです。罪には罰が必要なのです。詩雪様もそう思いませんか？」

「それは……」

「詩雪様を苦しめた者にはそれ相応の罰が必要です。私にお任せいただければ、詩雪様の願いは叶えましょう。そうして貴方様は私なくして生きられなくなる。私は貴方のために生きて、貴方は私のために生きるのです」

碧玉のような晶翠の瞳が目の前にあった。

吸い込まれてしまいそうだった。このまま吸い込まれてしまえば楽になれるような気がした。

何か、どろどろとしたものが、詩雪の中に入ってくる。

先ほどまで李成に感じていた憤りがどこか遠い。ずっと憎んできた呂芙蓉でさえ、どうでも良い気がしてきた。色々な物事が、大切な誰かの願いが、遠ざかっていく。

（そうだ。何故、私がこんなに苦しまねばならない。誰も母上と私を助けてくれなかった。それなのにどうして私が他人を助けねばならないんだ。誰も、助けてはくれなかったのに……）

だが、ふと疑問が浮かぶ。本当に、誰も助けてくれなかっただろうか、と。

「……私が再び後宮に入った時、李成は廃人のようだった。何故だろう」

気づけば詩雪はそう呟いていた。先ほどまで絶えず笑顔だった晶翠の顔に少しだけ焦りの色が走る。

「先ほどだって、私が止めねば、李成は自ら首を切るつもりだった。そうだ……確か、母上が亡くなった後から李成を見かけなくなったんだ。私も薬殿に行く理由もなく気にしていなかったが、もしかしたら、母上を殺してしまったことを後悔してその頃から酒に溺れ始めたのではないだろうか」

それに、先ほどは怒りで相手のことを考えられなかったが、呂芙蓉の依頼を断れるわけがないのだ。断れば、殺されてもおかしくない。

「晶翠、私は幼い頃、よく薬殿に忍び込んでは母上のために薬を盗んでいた。なんの知識もない幼な子が、適切な薬、生薬を手に入れて母上に飲ませていたのだ」

「……さすがは詩雪様。幼い頃から聡明で」

「違う。小賢しくはあったと思うが、薬の知識があったわけではない。だが、薬殿に忍び込むと、薬棚の近くに走り書きした紙が置いてあったんだ。熱が出れば、この生薬。咳がひどければ、この薬。分かりやすく書かれていた。私はそれを読んで、薬棚から必要なものをとっていたに過ぎない。そうだ。あの走り書きは、李成の字だ」

幼い頃の日々を思い出した。あの頃から宦官や宮女は呂芙蓉を恐れて、詩雪親子に誰も手を貸してくれなかった。

だが、たまに、哀れに思ってさりげなく助けてくれる者もいた。

その一人が、李成だった。薬を表立って処方できないが、詩雪が持って行きやすいようにと効能を書いた紙を置き、用意してくれていたのだ。

「今思えば、必要な薬が全て薬棚の低い位置に置かれていたのは、まだ小さい私がとりやすいようにだったのだろう。李成は、呂芙蓉の目から隠れて親切にしようとしてくれたのだ」

「……考えすぎですよ。たまたま彼の走り書きが置かれていただけ」

「後宮に再び入り直した時に、荒れ果てた畑があると李成に言われた。その畑に残っていた薬草類の多くは、私がよく母のために盗んでいた生薬だ。おそらく薬殿の、私が盗んだ分の薬の在庫を補充するために、隠れて薬草畑をつくっていたのだ」

晶翠は眉根を寄せて、何も言わなくなった。

詩雪は彼の胸を両手で押して距離をとる。晶翠は黙ってされるがまま、後ろに下がった。

「詩雪様は、とても聡明であられるのに、たまにどうしようもないほど愚かですね」

「そうかもしれないな」

このまま晶翠とともに後宮を出て二人で生きていく方が楽なのは分かっている。わざわざ険しい道を選ぶ己は愚かとも言えるのだろう。

「詩雪公主……！」

後ろから声がかかった。

振り返れば青ざめた顔をした李成だった。どうやら詩雪を追ってきたらしい。

李成は詩雪のそばまで駆け寄ると膝を折って頭を下げた。

「誠に、申し訳ありません。貴方の母上を殺したのはこの私です。どうか私に罰をお与えください」

涙を押し殺したような声でそう言って頭を下げる李成を見下ろした。

先ほどまで荒れ狂う海のようだった詩雪の心は、今はもう凪いでいる。

「李成、何故酒に溺れるようになった。薬殿の管理人から外れたのは何故だ？」

そう問われるのが、不思議だったのか、戸惑うように李成が顔をあげた。

「それは……人を救う医官である私が、あろうことか人を殺めてしまった罪に耐えきれず……酒に逃げたのです。酒に溺れ、仕事もままならなくなり、ついには閑職に追いやられました」

そう言うと視線を外して再度口を開く。

「愚かな話です。薬殿の仕事をしたいがために、呂王太后様の命に従ったというのに、私は……。本当に、申し訳ありません」

「そうか……」

詩雪が想像していた通りだった。罪悪感に苛まれ、結局は自分の願いすらも失った。もういいと思えた。もう十分だと。

「許す」

詩雪が短くそう言うと、え？　という顔をして李成が再び見上げた。

「もう十分、報いは受けたと思う。それに、李成には小さい頃、世話になった。私が薬を手に入れやすいように色々としてくれただろう？　李成の優しさが無ければ、母上はあそこまで生きることはできなかったかもしれない」

「それは……。いえ、もともと呂王太后様を恐れて何もできない私の弱さが悪いのです」

「弱さは誰でも持っている。だが、弱さが全て悪というわけではない。弱さがあるからこそ、身を守れる時もある。弱さとは、時にその者が己を守るための力なのかもしれない」

「詩雪公主……」

言葉を失ったようにして目を見開く李成が、詩雪の名を呼ぶ。そして意を決したような顔をして続けた。

「私の犯した罪は、そんな簡単に許されるようなものではありません」

「簡単に許しているつもりはない。すごく重々しい気持ちで、許したんだ」

クスリと笑って、詩雪がそう諭すと、李成は困ったように眉尻を下げた。

「そんな……」

「それに、李成、そなたにはやってもらいたいことがある。そう簡単に許されたくないというのなら、私の頼みを聞いてくれるか？」

詩雪が笑みを作ってそう言うと、李成は途端に不安そうに眉根を寄せた。

「わ、私は、たとえ詩雪公主の命であろうとも、もう毒殺は……」

「違う違う。そんなことはさせない。少しだけ、嘘をついてもらうことにはなるが」

そう言うと李成は目をパチクリと瞬かせた。

「沈妃の毒殺の件で、呂王太后には嘘の報告をしてほしい。色んな毒を仕掛けたがどの毒も効かない、他の手を考えてみる、などと言って……できる限り時間を稼いで欲しいのだ」

沈壁の命が狙われているのは、由々しき事態だ。李成が自殺、もしくはできないなどと言って依頼を断れば、呂芙蓉は別の手を使って沈壁を殺そうとするだろう。今よりもっと直接的な手段を講じる恐れがある。

それは避けたかった。ただの時間稼ぎだが、この少しの時間稼ぎが重要だ。

「そうするだけで本当に……許していただけるのですか？」

「許していただけるも何も、もう許しているのだが……。それに、そうするだけと言うが、呂王太后を欺き続けるのは危険も伴う。やってくれるか？」

改めて詩雪が問うと、李成は何か眩しげに目を細めて詩雪を仰ぎみる。そして、頭を下げた。

「もちろんです。詩雪様。貴方の命のままに。私は……貴方様にお仕えできることを誇りに思います」

思ってもみないことを言われた。

（仕える？　これは仕えさせているということなのだろうか……）

別に臣下にするつもりはなかったのだが……と思っていると、ふと、晶翠のことを思い出した。

そういえば、晶翠の気配がない。

詩雪が後ろを振り返ると、やはり晶翠の姿はなかった。まるで元からそこには誰もいなかったかのように、消えていた。

第五章

詩雪は晴れて、療養殿の宮女から沈壁の侍女へと昇格した。事情を聞いた李成が率先して詩雪の異動を推し進めてくれたのだ。

そして今日は、定期的に開かれる忠賢との報告会。

沈壁が忠賢に呼ばれた時に、侍女として詩雪もついていき、三人で情報を出し合い、今後の計画を練る。

今までは、大した収穫はなかった。だが今日は、忠賢の重々しい様子から、これから何か重大なことが動き出しそうな予感がした。

「姉上、良い知らせと悪い知らせがあります」

詩雪は改めて背筋を伸ばして、座りなおす。

「悪い知らせは、私が最も信頼していた側仕えの宦官の一人が殺されたこと。外で張将軍を捜させていた者でした」

その報告に、詩雪はピクリと眉を動かした、想像よりも何倍も酷い話だった。

「呂王太后に殺されたのか？」

「はい。私が、何かこそこそ裏でやっていることに勘づいたみたいです。私を脅しつけるためだろうとは思いますが、その宦官の死体をこちらに返してきた。しかも、その宦官の死体には拷問にかけた跡があった」

あまりの痛ましさに思わず目を瞑った。呂芙蓉。あの女はどれだけの者を傷つければ満足するのだろうか。

「ですが、姉上のことは知られていないはず。彼は拷問にかけられても何も喋らなかった。そういう人でしたから」

権力者の中には、宮女や宦官などをただの道具としか思っていない者も多い。だが忠賢は、宦官を人だと言った。本当に、信を置いていたのだなと分かる言葉だった。分かるからこそ、忠賢の気持ちを思うと詩雪はやりきれない。

「……良い知らせというのは？」

痛ましさを抑えて話を進めると、忠賢も頷いた。

「その宦官が、命を賭して持って帰ってきた情報があります。こちらを」

そう言って、忠賢は小さく折り畳まれた汚い紙片を取り出した。

それを器用に広げると、何か書かれていた。

そしてふと目にとまった差出人らしき者の名に、詩雪は思わず目を見開く。

「これは、張将軍からの手紙か……!?」

「そう！　彼は張将軍と連絡を取ることに成功していたのです。そしてそれが呂芙蓉の目に触れぬように、紙を鉄の筒に入れて自ら呑み込んで隠し通した。もともと、何かあれば、身体を裂いて見つけてほしいと言っていて……」

そう言って、その先は言葉にならないとでもいうように唇を噛む。しかしすぐに気持ちを切り替えたようで顔を上げた。

「私は、もし父上が生きていたとしたら、張将軍の元にいると思っていたのですが……将軍の話では、父上はやはりあの時、殺されていると。窮奇の言葉は、王の力でも嘘を見破ることはできないのかもしれない」

残念そうに忠賢は口にする。

王は死んでいないと言っていた窮奇の言葉に僅かに希望を持っていたが、それはどうやら当てにできないらしい。

「では、やはり私達の力だけでやり遂げないとならないわけか」

詩雪が苦く呟くと、忠賢は頷いた。

「ただ、張将軍も私と、というよりも、沈壁と接触したかったようで、これから大きく動きそうです」

「わ、私とですか？」

突然、自身の名が出てきて、お茶を準備していた沈壁が声を上げる。

「そう、後宮に仙女がいるという噂は宮城の外にも広まっていて、仙女の到来こそ呂芙蓉を転覆させる絶好の機会なのではないか、と張将軍は期待を寄せていたらしい。張将軍は武官だった者達をひっそりと集め、決起するのに良い時期を待っていたのだと」

忠賢の話に耳を傾けながら、目で紙に書かれた文章を追って状況を把握する。忠賢の言っていることが書かれていた。しかも外で集めている元武官達の数は想像以上に多い。

「……全部、芳《ホウ》のお陰だ」

ぼそりと、感慨深げに忠賢が呟く。芳というのがおそらく、殺された側近の宦官の名なのだろう。

詩雪も、見たこともないその者に感謝を捧げた。

無謀かもしれないと思われた計画に、すこしだけ希望が見えてきた。

詩雪は、夜遅くに沈壁の宮に入った。宮の灯りはついているが、ここに沈壁はいない。今は別のところで休ませていた。

沈壁の身の安全を考え、最近は彼女を彼女の宮以外のところに住わせている。

呂芙蓉は、気に食わない沈壁が、仙女と言われて慕われているのをよく思っておらず、李成に毒殺を命じるまでに至っており、非常に危険な状態だからだ。

李成に嘘の報告を繰り返すことで、時間稼ぎをお願いしていたが、それもそろそろ限界がくる時期。警戒しておくことに損はない。

妃不在の宮に詩雪が訪れるのは、沈壁の生活に必要な小物類を取りに来る時ぐらい。今日も詩雪は必要なものを籠に入れながら、以前忠賢から言われた情報について考えに耽っていた。

張将軍は外で元武官達を束ねている。願ってもない事態だったが、一方で、張将軍と渡りをつけていた宦官・芳がいなくなったことで、張将軍とやりとりをする術がなくなった。

忠賢は、別の信頼できる宦官を遣わそうとしていたが、詩雪としてはうまくいく気がしない。呂芙蓉は、忠賢の動きを警戒し始めている。だからこそ、忠賢の宦官を拷問し、見せつけるようにして死体を返したのだ。

また同じ手が使えるとは思えなかった。

(状況を理解して、張将軍と渡りをつけられる上に、外に出ても怪しまれない者を用意しないと……)

そんなことを思って、自身の考えに没頭していたのがいけなかった。

突然、何者かに手首を摑まれ引っぱられた。何かを叫ぶ前に、口を押さえられる。

「この女か?」

「分からん。灯りを……」

そう言って、手燭《てしょく》が目の前に掲げられた。突然の強い光に目をすがめる。

眩しさを堪えて状況を見ると、黒装束の男らに拘束されているらしいというのが分かった。男の数は二人。一人が、詩雪の後ろから動きを封じ、もう一人が目の前で詩雪の顔に灯りを当てて検分している。

「ん！　んんー!!」

精一杯、拘束から抜け出そうとするが、びくともしない。

「……こいつじゃないな。噂では、沈壁は相当な美女と聞く」

男達の会話を聞いて、目を見開く。どうやら狙いは沈壁。

「なら、用はないな」

後ろの男がそう呟いた。そしてそれと同時に硬いものが擦れる、シャリンという音が微かに響く。金属製の鞘から、剣を抜く音だ。

刺し殺される。そう察した詩雪はもがく、が、逃げられない。

（こんなところで……死ぬわけには……！）

気持ちだけが焦る。身体中に冷や汗が吹く。だが、男の力に抗えない。詩雪は堪らず目を瞑った。

短剣を持つ男の腕が振るわれる。

「……ぐ、が!!」

痛みを待つ詩雪に、男の呻き声が聞こえた。

そして、どれほど詩雪がもがこうとも解けなかった男の拘束が解ける。

詩雪は思わずその場に座り込み、目の前で起こったことに目を奪われた。

先ほどまで、詩雪を押さえ込んでいた男が、床に倒れていた。口から血を吐き、白目を剝いている。背中に、獣の爪のようなもので抉ったかのようなひどい傷があった。

倒れている男の側には、何者かが立っている。愕然としながら、視線を上へと移す。

そこにいたのは……。

「晶翠……」

右手を血で赤く濡らした晶翠がいた。

彼は鬱陶しそうに、右手を振って血を払った。そして、呆然とする詩雪に視線を向ける。

先ほどまで不快そうだった顔に途端に蕩けたような笑みが浮かぶ。

「詩雪様、お怪我はありませんか？」

何故晶翠がここにいる？　どこから来た？　先ほど一体何をした？

様々な疑問がよぎるが……。

「あ、ああ……」

あまりのことに、乾いた喉からはそれだけを返答するのがやっとだった。

「な、何者だ、お前は！」

もう一人いた黒装束の男が、晶翠に向かっていった。手には短剣を握っている。

「危ない！」

と詩雪は警鐘の意味を込めてなんとか声を出すが、それと同時に決着がついていた。

晶翠は、黒装束の男の凶刃をひらりと避けるとそのまま器用に腕を引っ張って背中に回し、床に組み伏せた。

あっという間のことだった。

「さて、私の詩雪様を傷つけようなんて、許せませんよ」

晶翠は軽やかにそう言うと、いつの間にか男から奪ったらしい短剣を持った腕を振り下ろそうとしていた。

詩雪は、色々な衝撃を飲み込んでどうにか声をあげた。

「待て、晶翠！　この男からは聞きたいことがある！」

振り下ろされようとしていた晶翠の剣が、ギリギリのところで止まる。

そして、なんでもないように詩雪を見ると、晶翠はにこりと笑った。

「承知しました、詩雪様」

「あ、ああ……。それと、ありがとう晶翠、助かった」

状況を全て理解してはいなかったが、命を助けられたのは事実だ。詩雪は礼を述べる。そして、落ち着くために息を深く吐き出してから、組み伏せられた黒装束の男を見下ろした。

「先ほど、沈壁の話をしていたな。誰の差金だ。洗いざらい話せ」

「呂王太后様の命令だ。沈壁を始末しろと言われている。李成は見限られた。呂王太后様は、亡くなった秦元王后を嫌っている。彼女と面差しの似ている沈壁も嫌っておられる。それ故、殺せと」

黒装束の男は、話しながら眉根を寄せ、戸惑うように左右に目を動かしながらそう答えた。明らかに動揺した様子だ。

そのことを少し不思議に思いながらも、詩雪は質問を続ける。

「似てるからなんだというのだ。沈妃は元王后ではない。そもそも元王后が何をしたと……」

「何もしていない。ただ、呂王太后様よりも、お美しかった。それだけだ」

「愚かな……！」

(それで、それだけで殺そうとしたのか。私の母上も、沈壁も！)

怒りでカッと頭に血が上る。

しかし、ここで怒りに我を忘れて感情のままに行動はできない。今手元には呂芙蓉が抱える暗殺者がいる。彼を使えば、呂芙蓉を失脚させる切り札になるかもしれない。

そう思ったときだった、ヒュッと何かが飛んでくるような軽い音がした。

「うぐ……！」

ついで聞こえた呻き声は、先ほどまで詩雪の質問に答えていた男のものだ。

見れば、男の首に、針がささっている。おそらく、毒針。男は小さく呻いた後、口から泡を吹いて動かなくなった。

詩雪が針が飛んできたであろう方向を見ると、先ほど晶翠が殺したと思っていた男がいた。口に小さな筒をくわえていたが、それがぽろっと落ちる。

「愚かな……何故、話す……」

そう言うと、毒針を飛ばした男の目にも力がなくなった。

今度こそ、絶命したのだろう。

相手は、呂王太后の手先。しかも詩雪を殺そうとしていた相手だったが、人が死ぬのを目の当たりにするとやるせない気持ちが立つ。

詩雪は痛ましげに眉根を寄せてから立ち上がった。

「呂芙蓉は、もう我慢ができないらしい。まさかこんな直接的な方法を使ってくるとはな。呂芙蓉の短絡的な性格を甘く見すぎていた」

沈壁は王の寵妃であり、仙女と言われている女性だ。そんな妃が何者かに暗殺されたとなれば大問題になり、疑いが向けられるであろう呂芙蓉の悪評が増すのは明らか。

後宮内の力関係を顧みてもう少し慎重に行動すると思ったが、詩雪の見方が甘かったようだ。

「間者の身柄を後宮の警邏《けいら》に突き出し、呂王太后の差金であると主張すれば……。いやだめだな。やつなら強引に握りつぶして、外聞など気にせず沈壁を潰そうとしてくる。呂芙蓉を大人しくさせるためには……沈壁を生かしておくことこそが呂芙蓉の利益になるようにしなくてはならない」

ぶつぶつと言葉にしながら、今後の方針を考える。

もともと後宮を開いたのは、窮奇を従わせることができる新しい王の器を欲してのこと。

今、呂芙蓉が最も欲しているのは……。

「忠賢の子だ。沈壁が身籠ったとすれば、どうだ」

目的のために、沈壁の暗殺を暫くは諦めてくれるかもしれない。子供を産んでから、暗殺しても遅くはないのだから。

「だが、呂芙蓉は、私が思う以上に短絡的な女だった」

詩雪は床に倒れ伏す二人の刺客を見下ろす。

「放った刺客が破られたと思えば、さらに沈壁に対しての悪感情が増す。己の感情を優先し、引き続き沈壁を殺そうとするかもしれない。癪ではあるが、ある程度、呂芙蓉の気持ちを宥めないとだめだ」

となれば……。

思索に耽っていた詩雪は顔を上げる。策が仕上がった。

そして視界の端に、人影を見つけてハッとした。晶翠だ。

晶翠が、面白そうに詩雪を見ていた。

「それにしても、晶翠。お前は本当に……神出鬼没だな。いや、助かったが……」

「私は詩雪様の忠実なる僕でございますから」

胡散臭い笑みを浮かべる晶翠を、詩雪はなんとも言えない気持ちで見つめる。

晶翠が何者であるのか、そう問うことを以前より禁止されていた。

崖から落ちたところを助けてもらい、お互いの素性を探るのはやめようという約束だった。

だが晶翠は、すでに、詩雪の素性を知っている。もともと知っていたのだ。知った上で助けた。

そして、詩雪もまた晶翠の正体に気づいた。気づいてしまった。

「晶翠、お前は、人ではないのだな」

先ほど唐突に詩雪の前に現れたのも、本来男子禁制のはずの後宮に入れたのも、人ではない力を使っていたからなのだろう。

詩雪が静かにそう告げると、晶翠はわずかに眉を上げたがすぐにいつもの胡散臭い笑みを浮かべる。

「ええ、確かに、私は人ではありません。……ですが、詩雪様、私との約束を破るのですか？　私の素性については、尋ねない。そういう、約束でしたよね？」

「ああ、確かに、そういう約束をしたな。だが、お前は勘違いしている。私は約束を破ることもある人間なんだ。私が今まで、お前のことを聞かなかったのは、約束を守っていたからではない。私が、お前の正体について聞かなかったのは、ただ……怖かっただけだ」

「怖い……？」

晶翠が訝しげに尋ね返してきて、詩雪は頷く。

「私には、嘘を聞き分ける力がない。だからなのか、いつも、人と向き合うのが苦手だった。晶翠のことを知りたいと思うのと同時に、嘘をつかれるのが怖くて、聞けなかった。……ずっと一人、悪意の中で生きていた者にとって、突然降って湧いた優しさがどれだけ恐ろしいものか、お前にはわからないかもしれないが」

自嘲した笑みを浮かべて詩雪がこぼすと、晶翠が首を傾げる。

「優しさが恐ろしいと？」

「そうだ。その手に縋って、頼り切ってしまいたくなる。だが、またいつ裏切られるか分からない。だからその眩しいばかりの救いの手を取れない。……臆病なのだ、私は。それにお前は、嫌になるほど顔がいい。私は男に免疫などないんだぞ。お前みたいなやつに微笑まれたら、どんな女だってお前に溺れる」

「……ですが、詩雪様は私に溺れてないように見えますが」

「私は臆病だから、ずっと岸辺から離れられないのだ。だから溺れなかった」

「なんですか、それ」

晶翠は不満げに微かに唇を尖らせた。どこか子供っぽいその姿を、可愛らしく感じる。

「私は臆病で、人に嘘をつくこともあれば、約束を破ることもある人間だ。実に不誠実だ。誠実であることが美徳とされる誠国であるまじき姿だろう。……なのに、何故お前はそんな私の側にいる?」

詩雪はそう問いかけて、晶翠を睨み据えた。

「四匹の凶獣の一角、誠国に封印されている獣、欺瞞の窮奇。……正体を表せ」

詩雪がそう言うと、晶翠は目を見開いた。

そして、瞬く間に彼の姿が変わっていく、口は裂けて、そこから牙が覗く。

人の体をなしていたはずの姿は、骨格から変わっていき、銀毛が生え、腕も脚も太く、爪が生える。膨らんだ体に耐えられず、着ていた服が破れた。

美しい銀の髪は鬣《たてがみ》のようになり、顔は獣のそれとなっていた。そして、背中には、蝙蝠のような黒羽。

今いる宮は、寵妃を置く殿であり、天井も高く広々としていたが、しかし彼を納めるには小さすぎた。

パキパキと木の柱が軋み家具類は獣の体に押されるようにして隅に押しやられ、床板も抜けた。

「私が詩雪様の側にいるのは、貴方が私の王だからですよ。詩雪様」

狭そうに身を縮めた、見たこともないほどに大きな獣が詩雪の目の前にいた。

分かっていたことであったのに、いざそれを目の前にして、詩雪の身に言葉にならない衝撃が駆け巡る。

「それにしても詩雪様。このようなところで、転変させようとなさるなんて、ひどい方だ。狭すぎます」

獣の顔が、どこか呆れたような表情を作る。

その表情の作り方が、あまりにも晶翠らしく、やっと詩雪は目の前の獣が晶翠であることを受け入れた。

「それは……すまない。大きさのことを忘れていた。……だが、分からない。お前は私が王だと言ったのか？　王は……忠賢だ。何故私を王と言う」

「それは、貴方が誠円真君の血筋の中で、もっとも王としての力を有しているからです。私との契約は、貴方が三つになった時にすでに引き継がれておりました」

「三つの時に？　そんな、馬鹿な……。父上と契約していたのではないのか？」

「誠円真君との契約は、三歳以上のもっとも強い仙力を持つ者に自動で引き継がれます。必ずしも、玉座に座る者が私の王ではないのですよ」

あまりのことに、詩雪は瞠目する。そんなことありえないと吠えつきたくなった。

だが、王は生きているという窮奇の言葉に嘘がなかったという忠賢の話と、辻褄が合う。

詩雪は自分の手のひらを広げて見下ろした。

自分には力がないものだと、思っていた。実際に、嘘を聞き分ける力を持たずに生まれてきたのだ。

詩雪はふるふると首を振る。

「何故だ。私の耳は、嘘を聞き分けることができないではないか……。私には王の力がないのではなかったのか？」

「力はお持ちです。まるで誠円真君の再来かと思うほどの強い力を。詩雪様もすでに分かっているのでしょう？　貴方の力の本質を」

詩雪は息を呑んだ。晶翠の言う通り、詩雪は自身の力に気づきはじめていた。

詩雪の戸惑いを面白がるように、獣は笑ってから口を開く。

「貴方は私に私の正体を問いかけ、こうやって質問を投げかけ、私の答えに驚きながらもそれが真実であると受け入れている。それは詩雪様が、己のお力に気づいたからだ」

詩雪は面白そうに笑う晶翠を改めて見やった。

欺瞞の凶獣、窮奇。人々を嘘で惑わし、世界を破滅に追い込まんとした古の獣。

その言葉を真実であると思えるのは、彼の言う通り、詩雪が己の力を自覚したからだ。

今思えば、おかしなことは幾つかあった。

父が殺された時、詩雪は呂芙蓉に寛国と通じていたのではないかと問いただした。

呂芙蓉は答えなくてもいいのに、いやに詳しく理由を教えてくれた。

晶翠が己の素性を尋ねるなと言ったのは、予防線だったのだろう。

そして極め付けは、先ほど襲いかかってきた黒装束の男達だ。

本来、刺客というものは、ああ易々と秘密を漏らさない。捕まるぐらいなら死を選ぶ覚悟の者達であり、そのように教育されているのだ。

だが、あの刺客はペラペラとしゃべった。顔に戸惑いを浮かべながら。

「私の力は……私が尋ねたことには全て嘘偽りなく答えさせる力なんだな」

詩雪がそう言うと、晶翠はその通りですと言って、また獣の顔に笑みを浮かべる。

人の顔でも獣の顔でも、笑うとどこか胡散臭いのは変わらない。

(幼い頃、あれほど欲していた力が、今更……)

詩雪は、頭を抱えて大きなため息を吐き出した。

「王の力は嘘を聞き分ける力ではないのか？　こんな別の形に現れるなど知らなかったぞ」

「それについては私も詳しくは知りませんが、誠円真君の力は貴方と似たような感じでしたよ。ただ、確かに子孫達に現れた力は弱くて、嘘を聞き分ける程度がせいぜいってところでしたけど」

あっけらかんと告げられた真実に、またため息を吐きそうになった。

「誠実な者が、王になるのではないのか。誠実であるほど、王の力が強いのだとばかり」

「さあ、それはよくわかりませんね。必ずしもそうではないのでしょう。ですが、私と最初に契約した誠円真君は誠実な人柄だとよく言われてましたね。それに、詩雪様も……誠円真君によく似ている」

「私は、誠実ではない。嘘もつくし、約束も破る。異母弟のように素直でもない」

どこからくるものなのか分からないが、詩雪は無性に苛立っていた。

（ああ、もし、正しく、始祖様の力が伝わっていたら、私は、母上は、あんな扱いをされなかったのだろうか……）

かつての憤りが、絶望が、胸中でうずをまく。

「お可哀想な詩雪様。私が鎖に繋がれていなかったら、涙に濡れる幼い貴方様の側に行って支えて差し上げたかった」

同情するような晶翠の声が、聞こえる。

「この国の者達など、貴方が助ける価値がない者達です。王である貴方様を蔑ろにした者達なのですから」

詩雪の心に深く深く響いてくる。

「もうお分かりでしょう？　私は詩雪様を裏切らない、怖がらなくて良いのです。全てを忘れて、私の元へ」

甘い囁きだった。蜂蜜のように甘い。

そのままドロドロに溶けてしまいたい。

だが、詩雪はそれらの感情を唾とともに飲み込んだ。

詩雪は頭を抱えていた腕を下ろし、真っ直ぐ晶翠を見る。

「この国を見捨てるには、心残りが多すぎる。それに、もう、終わりが見えた。……晶翠、手伝ってくれるだろう？」

吹っ切れたような詩雪を見て、晶翠は獣の顔を器用に歪めて不満そうな顔をした。

「詩雪様には逆らえませんからね。もちろんですよ。まったく、なんで私の誘いに応えてくれないんでしょうね。私に頼りきって、私なくしては生きていけなくなった詩雪様と堕落を貪りながら暮らしていたかったのに」

「お、お前、そんなことを考えていたのか……」

いつも詩雪が弱った時に晶翠はやってきていたような気がするが、それも堕落させるためなのだろうか。

「こんな面倒なことに首を突っ込まずに、私と二人で楽しく暮らしていた方が絶対に幸せだと思いますがね」

「許せ。晶翠の誘いは甘美だったが、そういう性分だ」

そう言われて、不満そうにため息を吐いた晶翠は面倒そうに首を捻った。

「で？　これからどうされるおつもりですか？」

「そうだな。やることは色々あるが……とりあえず私は、死ぬことにする」

詩雪がそうはっきりと告げると、晶翠は目を丸くした。

その顔の変化が面白くて、詩雪はなんとなく胸がすく気持ちで笑ったのだった。

誠国の後宮にいる妃の中で、唯一王の心を射止めたと言われた妃、沈璧がいる宮に、呂芙蓉は訪れた。

呂芙蓉はその宮に足を踏み入れた時、思わず目を丸くした。

宮の中がまるで獣に荒らされたかのようだったからだ。どうやったのか分からないが、天井を支える梁にまで見たこともないような傷があった。

「なんて、ひどい……」

呂芙蓉の隣に侍っていた佳玉の震える声が聞こえる。

(一体、何が起こったというのじゃ。妾の放った刺客どもは、何にやられた?)

不気味な部屋の光景に、思わず息を呑む。沈璧を暗殺するため、先日、刺客を差し向けた。しかしその刺客らは、獣にでも襲われたかのような傷とともに絶命した姿で発見された。側には、おそらくその刺客らに殺されたのであろう宮女が一人いただけ。

沈璧の暗殺は失敗に終わったのだ。

放った刺客と己との繋がりは全て消している。それに、呂芙蓉を怪しいと思っても、それを面と向かって言ってくるような者はこの後宮にいない。

寵妃に放たれた刺客の件については、有耶無耶にされて終わった。

だが面白くないことに、この一件で、また沈璧が仙女であるという話に箔がついた。

刺客達は沈壁を亡き者にしようとした罰が当たったのだと、そう言われていた。

（まったく、忌々しい。そのようなことがあるわけなかろうに）

呂芙蓉は眉根を寄せる。無惨に荒らされている部屋を見て生じた恐怖よりも、自分の思うようにいかない状況に対する怒りが勝った。

呂芙蓉は戸惑いの表情を見せる侍女を引っ張るようにして歩を進める。

そうして、目的の者、沈壁がいる場所へと辿り着いた。

部屋の中に入ると、喪服を着た女が一人。目の前の棺桶に縋り付くようにして泣いている。

「ここの妃は、王太后が来ても挨拶すらないのかえ」

呂芙蓉がそう言うと、その女はびくりと肩を震わせて顔をあげ振り返る。呂芙蓉の姿を見るとあわてて立ち上がった。

目が、赤く腫れている。泣いていたようだ。

「あ、申し訳、ございません。呂王太后様、ご挨拶を……」

そう言って、沈壁は弱々しく礼をした。

泣き腫らしたような目に、憔悴しきった顔、それに髪はボサボサだった。

あまりにも哀れなその姿に、呂芙蓉は胸がすく思いがした。

（沈壁が、侍女の一人が殺されて憔悴しきっているという話は本当のようじゃのう）

思わずニヤリと口角を上げそうになるのを必死に堪える。

嫌いな女が苦しむ姿は、いつ見ても気持ちがいい。

(刺客どもが侍女しか殺せなかったと聞いた時は、怒りではらわたが煮え繰り返りそうになったが、今思えば逆によかったかも知れぬ)

呂芙蓉は唇をぺろりと舐めてから口を開いた。

「それに、たかが侍女一人死んだからといって、そのように泣いてばかりいてはならぬぞ。そなたの体は、もう一人のものではないのじゃ」

そう言って、呂芙蓉は沈壁の隣に来ると彼女のお腹を触った。まださほど膨らんでいない。だが、妊娠初期とあればそのようなものだろう。

呂芙蓉が沈壁のところまで足を運んだのは、何も憔悴している姿を拝みに来ただけではない。

暗殺失敗の報せとともに、沈壁が妊娠したという報せも入ったのだ。

念願の王の子。産むのが沈壁というのが気に食わないが、それでも王の赤子は喉から手が出るほど欲しい。

「ですが、呂王太后様、この侍女は私によく仕えてくれたのです。それなのに……」

そう言って、花が敷き詰められた棺桶の中で、静かに眠る宮女に目を落とした。

日焼けとそばかすの目立つ汚い肌は、血の通わない土気色。髪の色も、焼けて赤毛まじりで、いかにも下級宮女という風情だ。

（これが、刺客に殺された女か……）

その女の死が相当悲しいらしい沈壁は、また彼女に縋ってメソメソ泣いている。愚かな女だと思った。そんな官奴のために涙を流すなど。だが、惨めに泣きすがる姿を見るのは心地いい。

正直、沈壁の腹に赤子がいたとしても、殺してしまおうかなどと迷う気持ちもあったが、想像以上に気分が晴れた。

それに、赤子が生まれたら殺せばいい話だ。

だが、油断はできない。この沈壁という女は何も知らぬ顔をして、仙女であるなどと法螺を吹き、後宮の者どもを騙しているのだ。

この宮女の死すら、怪しい。

「莉雪……!?　身代わりで死んだ侍女は、貴方だったの!?」

連れてきた侍女・佳玉から声が上がり、呂芙蓉は視線を移した。

「なんじゃ、佳玉。この者を知っているのか」

「は、はい。療養殿で働いていた宮女です。確か、最近、沈妃の侍女になったかと」

その答えを聞いて、眉根を寄せる。

（この女の死を確認したのは、療養殿の李成だ。李成が裏切った可能性がある。もし裏切っておったら、口裏を合わせた可能性も……）

呂芙蓉は扉のところに待機していた侍医に目配せした。

「こい。この女が本当に死んでいるか、確かめよ」

呂芙蓉の命令に絶対に逆らわない侍医にそう呼びかけると、侍医は「は」と短く返事をして棺桶の側に座った。そして、棺桶に眠る宮女の死体の手を取ろうと腕を伸ばし……。

「な、何をするのです！」

侍医の手首を摑んだ沈壁に止められた。

「何、後宮にいる者が死んだかどうかを確かめるのは医官の仕事だ。この宮女が死んだかどうかも、確かめねばならぬ」

「それには及びません！　すでに、療養殿の医官が彼女の死を確かめております」

少し焦った表情を見せる沈壁に、呂芙蓉は笑顔で答える。

「妾は、用心深い性格での。目の前で確かめねば、信用できぬ。それとも、何か不都合でもあるのかえ？」

呂芙蓉の問いに、沈壁は唇を嚙んだ。そして顔を俯かせる。

「別に……不都合などございません」

「その割には、慌てていたように思えるのう」

「そのようなこと、ございません。ただ、私の大事な侍女に、宦官とはいえ、無闇に触れられるのが嫌だと、そう思って……」

弱々しくそう告げる沈壁を、呂芙蓉は面白そうに見下ろす。

「では、その手を離せ。そなたこそ、王の妃でありながら宦官に触れるなどあってはならぬぞ」

「はい、申し訳ありません……」

そう言って沈壁はすぐに手を離した。一瞬何かあるのだろうかと思ったが、そうではないのだろうか。

しかしここで悩まずとも、答えはすぐそこにある。この宮女の死を確かめさせればいい。

連れてきた侍医は、宮女の手首を取った。そして脈のある場所に指を置く。

しばらくの間、侍医は宮女の脈を測り、そして呂芙蓉を見上げた。

「体は冷たく、脈はありません。間違いなく死んでおります」

答えは、あっさり出た。死んでいる。

なんだ、と拍子抜けしたような気分になり、一気に興味が失せた。

「そうかえ。……沈妃、死人にどれだけ涙しようがもうどうせ戻ってこない。それよりも身体を労れ。そなたの腹には、王の子がおる。ゆめゆめ忘れるなよ」

呂芙蓉はそれだけ言葉を残すと、その場を去った。
子供が生まれるまでは、沈壁を生かしておいてやろうと、そう決めて。

第六章

金で蓮の花の意匠が施された碧色の柱、天井には偉大なる始祖、誠円真君が凶獣窮奇を封じる様を描いた神話画が描かれ、細かい宝石がちりばめられた黄銅色の壁は光を反射してキラキラと輝いている。

誠国後宮で、最も美しい場所と言われる王太后呂芙蓉が住う鳳綾殿だ。

その鳳綾殿には、怒りの声が響いていた。

「よくも妾を謀りおって！　この女狐めが！　お前の腹に赤子がおると聞いたから生かしておったのだぞ！」

呂芙蓉はそう叫んで、床に這いつくばる妃、沈壁に団扇を投げつけた。

団扇の柄が、沈壁の額に当たる。青白い沈壁の額に赤い血が滲んだ。

怪我を負った沈壁を見て、兵に捕らえられて身動きの取れない侍女の小鈴が、悲鳴をあげる。

「沈妃様……！」

沈壁はちらりと小鈴を見て、大丈夫とでも言うように目配せをすると俯いた。

（隠し通せなかった……）

今朝、突然沈壁の元に呂芙蓉付きの宦官がやってきた。侍女の小鈴ともどもほぼ無理やりここまで連れてこられたのだ。

沈壁は、現誠国の王、忠賢の寵妃。懐妊していると言われていた。

だが、その懐妊の報せは偽りである。一時的に妊娠の兆候と似た症状を引き起こす薬を服用して、医官達を騙したのだ。数ヶ月はどうにか騙せたようだが、もう暴かれてしまった。

「つ……！」

沈壁は痛みで顔を顰めた。髪を掴まれ、無理やり顔を上に向かされる。視線の先には、目を血走らせた呂芙蓉だ。

「言え！　何を企んでおる！」

「……何も。ただ、私の身を守るため」

頭に走る痛みを堪えながらどうにか絞り出したような声で、沈壁はそう答える。

「またも妾の前で嘘をつきよるか！　何やら忠賢と企んでおることぐらい分かっておるのだぞ！」

沈壁は拳を握る。怖くて怖くてたまらなかった。にぎった拳が恐ろしさで震える。

それでも口を開いた。

「私は、何も知りません。何も企んでなどおりません」

そう言って、震える身体をどうにか律して、真っ直ぐに呂芙蓉を睨み据えた。負けたくないと思えた。

最初、呂芙蓉に嫌われ冷宮に送られた時は、そんなふうに思うことはなかった。ただただ王太后の命に従い、死を待つしかないと諦めていたあの時の自分が遠い。あの頃はどうでも良いと思っていたのだ。自分の命でさえ、どうでもよかった。寛国の属国となり、呂芙蓉の悪徳が猛威を振るい、優しい者達から死んでいく。そんな国に嫌気がさしていた。

だが、そんな沈壁の前に、希望が人の姿をして現れてくれた。詩雪だ。あの輝きを前にして、沈壁はもっと生きたいと思えた。詩雪が、そんな国に変えてくれると、そう思うことができたから。

「生意気な……！　だがな、お前がどれほど足掻《あが》こうが無駄なことよ。妾の後ろには、寛国がいる。無力なお前らが何をしようと、無駄じゃ」

呂芙蓉は、痛みを堪える沈壁の顔を意地悪く微笑んで見下ろす。その時、扉の向こうから声がした。

「ここを通せ！」

という焦りを滲ませた、男の声。

「陛下……！」

小鈴が安堵したように名を呼んだ時、扉が乱暴に開いた。そこにいたのは、誠国の王、忠賢だった。

「沈壁、無事か!?」

忠賢の顔を見てホッとしたのか、気づけば目から涙が溢れていた。

（ああ、きてくれたのですね……）

「母上！　その手を離せ！」

忠賢は、呂芙蓉に髪の毛を摑まれている姿を見て、ワナワナと唇を震わせて駆けつけようとするが、両腕を押さえられた。見れば、口から泡を吹いた兵士に摑まれている。

憤怒の凶獣の力を得た寛国の兵士だ。

「まったく、己の分も弁えずによう吠えよる。のう忠賢」

ねっとりとした呂芙蓉の声に、忠賢が眉根を寄せ不快感を表した。

「母上であろうとも、沈壁に何かあれば許しません！」

「……前から思っておったのじゃ。お前には、そろそろ己の立場を分からせねばならぬとのう」

呂芙蓉はそう言うと、沈壁の髪を乱暴に離した。

一瞬自由になったのかと思ったが、側にいた兵士達に両腕を取られて、また沈壁は床に膝をつかされたまま押さえられる。

「沈壁！　沈壁を離せ！　彼女に何をするつもりだ！　母上！」

「のう、忠賢、妾が何も気づかないと思っておったか？　お前が裏でこそこそ何かしておることは分かっておったぞ。この女の入れ知恵か？」

「沈壁は、関係ありません！」

「どうかのう。妾はお前のように、嘘を聞き分ける便利な耳は持っておらん。だから、お前の言うことが本当かどうか、分からぬのう」

「母上……！」

愉悦を滲ませた顔で楽しそうにそう言う呂芙蓉に、忠賢は唇を噛んだ。

「そうじゃ、この女の悲鳴を聞いていくうちに、そなたも素直になるやもしれん」

「な、何を……」

「そうじゃのう、忠賢が全てを話すまで、皮を一枚一枚はいでやろうか。それとも、思い切って、腕を一本切り落としてしまおうか。腕も脚も二本ずつある。順番に切り落としていけば、忠賢も素直に話してくれる気になるやもしれん」

呂芙蓉の声に、沈壁はぞっとした。

恐る恐る呂芙蓉の顔を見上げれば、楽しくてたまらないと言いたげな、下衆な笑み。

「やめろ！　彼女に何かすれば、ただじゃおかない！」

「ただじゃおかない？　お前が妾に何ができるというのだ。お前は、黙って、この女の四肢が切り落とされるのを見ておれ。なあに、殺しはせぬ。妾は寛容じゃ。四肢を落として塩漬けにし、飼《こ》うてやろう。そうすれば、愚かなお前も己の立場を弁える」

沈壁は恐怖で目を見開いた。脅しではないのだとすぐに分かった。目の前の女は、どれほど残酷なことも嬉々としてやれる女なのだ。

「やめろおおおおお！」

「ならば言え！　何を隠しておる！」

「それは……！」

顔を歪ませて、忠賢は口を噤む。沈壁はそんな彼を見て、首を横に振った。

「いけません！　何があろうとも！　言ってはなりません！」

「沈壁……」

「言ってはなりません！」

「お前も強情で愚かな娘のようじゃの。まずは一本。それで分かってくれるだけの賢さがあれば良いが」

呂芙蓉はそう言って、ぎろりと血走った眼を沈壁に向けた。

「やれ」

静かに呂芙蓉が命じた。兵士が沈壁の腕を伸ばして押さえつけ、別の兵士が剣を振り上げる。沈壁の細い腕を切り落とすために。

「ああ！　王太后様！　どうかおやめください！　どうか！　王太后様……！」

小鈴の懇願の声が響く。

その時だった。

「呂王太后様！　大変です！　城内に侵入者が現れました‼」

開け放たれていた扉から、慌てた様子の宮女が一人駆け込んでそう声を荒らげた。

暗がりにいて、沈壁からは顔がよく見えない。だが、その宮女の声は聞き覚えがある。

「侵入者じゃと？　その愚か者は何者じゃ！」

呂芙蓉が不快気に眉を顰めた。

「どうやら張将軍のようなのです！　張将軍が、誠国を取り戻すために兵士を連れて城内に攻め込んでいます！　呂王太后様、お早く準備を！　逃げねばなりません！

まあ、沈妃様もいらっしゃったのですね、早く逃げねば」

と言いながら近づいてくる宮女の顔には覚えがあった。

(ああ、あれは、あの方は……！)

「待て。お前、お前の顔、どこかで見たことがあるぞ……確か」

呂芙蓉の警戒する声。そして……。

「お前は、死んだはずの、沈壁の侍女ではないか！」

カッと目を見開いて呂芙蓉が吠えた。

刺客に襲われ、死んだはずの侍女。つまり、詩雪だ。

「え……？　莉雪、さん……？」

愕然としたような声は、小鈴のもの。

事情を知らない小鈴は、詩雪を死んだものと思っているから当然だった。

沈壁は、駆けつけてくれた詩雪を潤んだ瞳で見つめる。必ずきてくれると信じていた。だから気丈に振る舞えた。

今になって、沈壁の体が震えてきた。

滲んだ視界の中、沈壁の希望はゆったりとした歩調でこちらに近づいてくる。

「何を言っておられるのですが、呂王太后様」

宮女に扮した詩雪はそう言ってキョトンとした顔で首を捻ってみせたが、ふっと吹き出すように笑いだした。

「は、ははは、だめだ。堪えきれなかった。呂芙蓉、そなたの前で嘘をつくことは難しいな。あまりにも滑稽で笑いが堪えられん」

「な、何を……」

呂芙蓉の戸惑うような声には、覇気がない。目の前に現れた宮女が只者ではないと、本能で分かってしまったのだろう。

沈壁は勝利を確信した。

これまでの努力が実を結び、ふたたび誠国に光が昇る。

詩雪という太陽が、現れてくれたのだから。

「お前は、死んだはずだ！　妾の侍医が見たのだぞ！　まさかやつは裏切っていたのか！」

目を血走らせてそう叫ぶ呂芙蓉が、滑稽で仕方なかった。

詩雪はかすかに笑みを浮かべて口を開いた。

「ああ、あれか。安心しろ、裏切られてはいない。一時的に脈を止めていたのだ。脇下に物を挟むと腕の血が止まり、脈も止まる。止血法の一種なのだが、まんまと騙されて帰っていった背中があまりにも滑稽でな、吹き出すのを我慢する方が大変だったぞ」

詩雪はそう言って、馬鹿にしたように笑ってやったが、実際は言うほど簡単なことではなかった。

身体を冷やし、死人に見えるように化粧を施し、事前の準備も大変だった。それに医官に手首以外の場所で脈を測られたら死の偽装が明るみに出る。一か八かの策でもあった。

とは言え後宮の医官が妃相手に診療をする際には、基本的に手首の脈ぐらいしか触れない。それも布越しだ。

故に後宮の医官ならば、手首の脈で生死の確認をするだろうとは思っていた。

念のため、沈壁には、死んだ宮女が特別な女性であるということで暗に配慮を求めるなど、手首で測る流れになりやすいようにしてもらったが。

そして結果、呂芙蓉は見事に騙されてくれた。詩雪達は賭けに勝ったのだ。

死んだ宮女は、家族の元に返されるか、引き取り手がいなければ後宮の外に運ばれて、埋葬される。死んだふりをした詩雪は、そのまま外に運ばれ後宮から脱した。

そして、外で決起の時を待つ張将軍の元へと向かったのである。

全ては、誠国を取り戻すため。

「お、おのれ……！　おまえ、官奴の分際で、なんたる態度！　なんたる口の利き方じゃあああ！」

「……官奴の分際？　なんだ、まだ分からないのか？」

「何がじゃ」

「変装が完璧ということを誇ればいいのか。しかし、全く気づかれないのも寂しいものだ。私はお前のことを忘れたことはないというのに」

「何を言っておるか……」

「王太后付きの侍女になる道は、念のため避けていたのだが、ここまでしてバレないのなら、気にせずそなたの懐に入り込んでことをすすめた方が早かったな」

そう言って、詩雪は手ぬぐいを取り出し、顔を拭く。

布をとるとそこには、先ほどまでのそばかす面がなくなっていた。美しい玉のような白い肌に整えられた眉、ただれたように重たく見せていたまぶたの化粧が落とされて、本来のスッキリとした涼やかな目もとがあらわになった。

呂芙蓉は衝撃で、目を見開いた。

「お、お前は……！　まさか……詩雪！」

「良かった。名前ぐらいは覚えていてくれたようだな」

詩雪は鼻で笑って呂芙蓉を睥睨した。

母の仇。目の前にすれば、怒りや憎しみで我を忘れてしまうかもしれないとも思っていたが、なんということもなかった。

小さい頃は、もっと大きく、恐ろしく見えた。絶対に敵わない存在なのだと、どこか諦めてしまう自分がいた。

だが、実際目の前にした呂芙蓉はどうだろうか。

衝撃か怒りかで、詩雪を見ながら歯をむき出しにしてワナワナと唇を震わせている呂芙蓉は、実にちっぽけでつまらない女だった。

「ちなみに、張将軍が兵士を連れて城内に攻め込んでいるというのは、本当だ。騒がしい音がするだろう？」

どこからともなく響いてくるかすかな足音や剣戟の音。

呂芙蓉は一瞬顔を歪ませたが、すぐに笑みを作った。

「……それがなんだ。どれほどの数かは知らぬが、張が連れてきた兵士が妾の連れている寛国の兵士に勝てると思うのか？　奴らは、恐れを知らぬ兵士ぞ。今頃、張も連れてきた愚かな兵士も死んでいるだろうよ」

呂芙蓉がそう言うと、この部屋にいた寛国の兵士達がぞろぞろと詩雪のもとに近づいてくる。数にして、十。

どう足掻いても、詩雪一人で敵う数ではない。

「詩雪よ、わざわざ張をここまで連れてきてくれて感謝しよう。妾に逆らう愚か者を一掃できる。最後にお前が死ねば完璧じゃ。惨めに隠れておれば生きられただろうに、わざわざ妾の前に戻ってくるとは、無様、無様、実に無様。妾のために死ね」

そう言って、呂芙蓉は右手を掲げた。戦いの合図。

泡を吹いて白目を剝いた寛国の兵士が、一斉にかけ出そうとした、その時、詩雪の隣にすっと影が差した。

「私は寛国の王命を受けしもの。貴方達を解放するためにやってきました」

詩雪の隣に突然現れた男は、ゆったりと落ち着いた声でそう言った。

顔には穏やかな笑み。深緑の袍を着たその男は、銀髪で見目麗しく、その口から溢れる声もまた麗しい。

そのよく通る声がその場を制し、憤怒の凶獣の力を宿した寛国の兵士達は動きを止めて男を、晶翠を見た。

「誠国に置かれたままとなった兵士らを不憫に思った陛下が、本日限りで貴方達を解放するように仰せです。もうその女の命令は聞かなくてよいのです。国にお帰りなさい。貴方がたの帰りを家族が待ってますよ」

晶翠は微笑みを浮かべたまま、子供に言い聞かせるように優しく語る。

すると、さきほどまで泡を吹いていた兵士の一人の瞳に、正気の色が戻った。

「家族に……？　家族に会えるのか？　母に……」

力ない呟きのような言葉が、その口から漏れる。

晶翠は頷いた。

「そうです。今まで辛かったことでしょう。他の寛国の兵士達も皆、寛国に向かってますよ。母親の作った料理が食べたいでしょう。恋人の温もりが恋しい者もいることでしょう。妻が夫のいない寂しさで枕を濡らすこともない。子供達は父の帰りに満面の笑みを浮かべて喜びますよ」

それほど大きな声ではないのに、何故かよくとおる晶翠の声。晶翠の言葉の甘さに、寛国の兵士達の表情は、憤怒の顔からうっとりとした顔に変わっていく。

「帰ろう……帰りたい。帰りたい……」

詩雪に襲い掛かろうとしていた兵士達は、手に持っていた武器を床に落とす。沈壁や忠賢を捕らえていた者達も、あっさりと二人を解放した。そしてぞろぞろとおぼつかない足取りでゆっくりと外に向かう。

それを見て焦ったのは呂芙蓉だ。

「な、何を!? 何をしているのだ！ 戻れ！ 戻れ！ こいつらを殺せぇえええ！」

そう顔を歪ませてキーキーと叫ぶが、兵士達は呂芙蓉を顧みなかった。

そしてとうとうその場に、呂芙蓉の味方は誰一人としていなくなった。

「な、何故、なんで、こんな……」

沈壁と小鈴、忠賢が、詩雪のもとに。そして詩雪は、呂芙蓉の方へ顔を向ける。

「己の周りに、寛国の者しか侍らせていなかったことが仇となったな」

狼狽して、後退りする呂芙蓉。詩雪はそんな彼女を追い詰めるようにして、距離を詰めていく。

「なんだ、これは！ どういうことじゃ……！ そ、その男は一体何をした！ 何故、寛国兵は去っていったのだ！」

呂芙蓉は晶翠を指さしてそう激昂した。

「分からないのか？　この男は、お前が求めていた……欺瞞の凶獣・窮奇だ」

「……!?　は……？」

「寛国の兵士達は、窮奇の力を使って帰ってもらった。この男は、人の心の弱みにつけ込み人を騙し操るという下衆の極みのような力を持っている」

「下衆の極みだなんてひどい。それに私は騙してるつもりはないのですよ。私はただ彼らが求めている言葉を言っただけ。彼らは私の言葉が真実であれば嬉しいから疑うこともせず信じこんだ。人というのは、時に真実よりも都合のいい嘘を好む生き物ですからね」

楽しそうにそう解説する晶翠の言葉に、詩雪は頷いた。

「ということらしい。寛国の兵士の望郷の思いを利用して、操った。ここ以外にいた寛国の兵もこの男の力でふらふらと出ていったぞ。張将軍らの手によって、すでにこの城は落とされている。お前の味方は、ここだけでなく城内どこをみてもいない」

「なんで、なんで、窮奇が……！　お前の、ところに……！　お前は王の力ももたぬ無能の公主！　この獣は、妾のものじゃ！」

「この私が、お前のもの？　おやおや、人はこれほどまでに愚かになれるのですか」

晶翠が不機嫌そうにそう言う。今にも殺してしまいそうなただならぬ気配を纏わせた晶翠を見て、呂芙蓉はひいと小さな悲鳴を上げた。

「晶翠、よせ。私としてもできる限り速やかにこの女を黙らせたいが、この女が寛国との間に交わした契約の内容が知りたい。それにこの女が持つ寛国の情報も」

そう言って、また一歩詩雪は呂芙蓉に近づく。

呂芙蓉は、焦りを滲ませて目を彷徨わせる。どうすればいいか、どう動くべきか考えるように。そして、どうやら答えが出たようだ。

床に倒れ臥し、袖で目元を拭った。

「待って、待ってくれ。詩雪公主。誤解、誤解じゃ！　妾はただ、国のため誠国のために今までしていたのじゃ」

悲劇に酔うかのように、グスンとはなを啜る。

「寛国の猛攻に、誠国が滅ぼされるのは目に見えておった。妾は、国を、民を守りたかっただけなんじゃ。一人でも多くの誠国の民を守りたくて、妾は寛国の王と交渉をしただけなんじゃ！　窮奇の力を欲したのも、全ては誠国のためじゃ！」

肩を震わせ、涙を流し、地に伏す哀れな女の姿。

何かあればそうやって弱いふりをして、多くの者の同情を誘ってきたのだろう。

「呂芙蓉、言え。誠国を売り渡した目的を」

「それはもちろん、妾が助かるためじゃ。妾が今まで以上に贅を尽くして暮らせるように、妾から寛国との契約を持ちかけた。武力抵抗なしで誠国を寛国の属国にする代わりに、妾を誠国の支配者にしてもらうという契約じゃ。……あ？　妾は何を……」

「窮奇を手に入れたらどうするつもりだった？」

「窮奇を手に入れたら、あの生意気な寛国の若造を殺して逆に支配してやるつもりだった。いいや、寛国だけじゃない。他の節国、善国も妾のものに！　妾が全てを支配するのじゃ！　……！　なんで、妾は……」

戸惑った表情で、勝手に動く喉を押さえる。

「つまりは、誠国の民のためを思ってのことではないのだな？」

「その通りよ。何故妾のような高貴な人間が、下賤な者どもに気を使わねばならぬ。阿呆らしい！　……いや、違う、違うぞ、妾はそのようなことは思っては……ああ、なんなのじゃこれは！」

「私の問いかけには嘘偽りなく答えねばならない」

「……？」

「それが私の、誠国の『王の力』だそうだ」

正直、未だに詩雪は、王の力を持っているという事実を完全には受け入れきれていない。ずっと、ないものだと思っていたからだ。

（ああ、もし、この力に、母上が生きていた時に気づいていれば……）

詩雪は瞳を閉じた。力を自覚するたび、感傷が押し寄せる。

もし気づいていれば、母があんな不遇な思いを味わわずに済んだかもしれないと。

だが、昔のことを悔やんだところで未来は変わりはしない。

詩雪は前を向き、驚愕に顔を歪ませた呂芙蓉を見た。

ちょうどその時、外からバタバタと兵達が入ってきた。先頭にいるのは、張将軍。

「詩雪公主、城内の鎮圧は完了しました」

白髪まじりの大男は、詩雪の前に膝をつき状況を報告した。

どうやら、色々片をつけてこちらに来てくれたらしい。

ぞろぞろと入ってくる青緑色の鎧を身に纏った誠国の兵を見て、呂芙蓉は怯えた表情を見せた。

「呂芙蓉。寛国兵士は皆追い出した。誠国を寛国から解放する。お前にはお前が持っている寛国の情報を全て吐き出してもらうぞ」

「あ……ああ……わ、妾は、妾はどうなる……？」

「私が決めることではないが、しかし、助かると思っているのか？」

冷たく言い捨てると、呂芙蓉の顔色が青を通り越して今にも死んでしまいそうな土気色へと変わった。

「あ、ああ、そんな……いやじゃ、いやじゃー！」

泣き叫ぶ呂芙蓉がふと動きを止めた視線の先には、忠賢。

「おお、おお、忠賢！　妾の息子よ！　た、た、た、たた、助けておくれ、忠賢」

よろよろと縋るように、手を忠賢の方に伸ばす。

「母上……。私のことを息子だと思ってくれていたのですね」

忠賢は膝を下ろすと、優しく呂芙蓉の手を取った。

「おお、もちろん、もちろんだとも。そなたは妾の可愛い息子。誰よりも愛しておったに決まっておろう。だから、どうか、妾を助けておくれ」

微かに希望を見出した呂芙蓉が、薄く笑ってそう零す。

だが、先ほどまで穏やかな笑みを浮かべていたはずの忠賢の顔が一瞬にして、冷たいものに変わった。

「……母上、お忘れですか。私の耳は嘘を聞き分ける。先ほどの貴方の言葉は、嘘にまみれておりましたよ」

そう言って、忠賢は驚愕で目を見開く呂芙蓉の手を振り払うと、詩雪の前に膝をついて拱手《きょうしゅ》する。

「姉上、呂芙蓉の処分はお任せいたします」

「良いのだな？」

「構いません。とうの昔に、この女を母と慕う心は捨てております」

「……分かった」

詩雪は短くそれだけ答えると、集まってきた誠国の兵に呂芙蓉の捕縛を命じた。呂芙蓉の嫌だ嫌だと騒ぐ醜い叫び声が響く。

詩雪は目を閉じた。

母がいた頃の記憶、呂芙蓉によって虐げられていた日々、そして後宮を追われてからこれまでのこと。

全てが一瞬にして詩雪の中で駆け巡る。

（やっと、終わった……）

詩雪は天を仰ぐと、大きく息を吐き出した。

「どうでしょう、詩雪様。目障りな者もいなくなったことですし、このまま私と一緒に二人だけで暮らすというのは」

安堵の息を吐き出す詩雪の隣で、冗談なのか、本気なのかわからない口調の晶翠の声が響く。

「お前は……まだ諦めていなかったのか」

隣の晶翠を見ながら、呆れたように返す。

「まさか。諦めるなど、あり得ません」

晶翠はそう言いながら、詩雪の前で膝をつく。そして軽やかに詩雪の手をとった。

「強情な詩雪様。私の言葉にただ頷いてくれさえすれば、この世で最も幸せな人にしてさしあげたのに」

甘くまとわりつくような晶翠の視線が詩雪のそれと絡まり合う。

詩雪が、張将軍に会うために外に出た際、晶翠も一緒だった。彼は何度も何度も詩雪に甘い声を響かせた。

このまま国のことなど忘れて帰ろう。暖かい場所で、美味しい物を食べて、ゆっくり過ごそう。誰にも嘘を言うことなく、偽ることなく生きられる。こんなふうにこそと旅をしなくてもいい。

晶翠の言葉は、詩雪の望みそのものだった。言われる度に、詩雪は心を迷わせた。だが必ず奮起してきた。

「諦めが悪い男は、嫌いではない。だが、晶翠、そろそろ気づいたらどうだ？　お前が何か言う度に、私が意地になっていることを」

晶翠に言われる度に、確かに詩雪は一度は惑う。だが必ず這い上がった。それを繰り返すことで、詩雪の誠国を再建したいという気持ちはもう揺るがないものに変わってきている。

堕落させたいと願う晶翠の試みは、逆に詩雪をそれから遠ざけた。

堂々とした様子の詩雪を見て、つまらなそうに晶翠は唇を尖らせる。

「本当に、詩雪様は強情な方だ。……ですが、そこもまた愛しい」

晶翠はそう言うと、うっとりとした目で詩雪を見ながら、詩雪の手を引き寄せる。

詩雪の手の甲に口付けが落とされようとしたちょうどその時、ぐいっと詩雪の手は別の誰かに取られた。

「窮奇、いえ、晶翠様。姉上に対するこれ以上のお戯れはやめていただきたい」

詩雪の手を横からとったのは、忠賢だった。険しい顔で晶翠を見下ろしている。

「おやおや。またお前ですか。少しは黙ったらどうです？　忠賢」

晶翠の口から、詩雪には絶対にかけられない部類の冷たい声色が出た。

晶翠と忠賢は、詩雪が死んだふりをする前に会わせている。だが、相性が悪いのか、二人の関係はよくない。何故か険悪な雰囲気を漂わせていた。

「いいえ、黙りません。欺瞞の凶獣にたぶらかされる姉上ではないと何度言えば分かるのか」

「黙らねばその舌、噛みちぎりますよ。お前はもともと気に食わないのです。詩雪様と同じ血が流れているからというそれだけで、愛されている。お前のように弱々しく、卑怯な男、詩雪様が愛する価値などないというのに。まったく、人間の価値観には反吐が出ますね。詩雪様に群がる人間は全て死んでしまえばいい」

「晶翠、言い過ぎだ。私の家族を侮辱することは許さない」

晶翠の言葉に、思わず詩雪は二人の会話に割って入った。

忌々しげに忠賢を見ていた晶翠の視線が、詩雪に移る。

「晶翠、私の家族に対し、冗談でも脅すようなことは口にするな。それに、忠賢は卑怯ではない。私にとって学ぶべきことの多い自慢の異母弟だ」

詩雪が静かに怒りを滲ませてそう言うと、二人はしばらく無言で見つめ合う。間も無くして、晶翠が瞳を伏せた。

「申し訳ありません。詩雪様。私が言い過ぎました。これも詩雪様を愛する嫉妬故。どうかご容赦を」

晶翠はそう言って頭を下げた。だが、詩雪の顔は険しいまま。

「それと、私に群がる人間は死ねばいいというのは、本心か?」

一瞬の沈黙。詩雪の問いには嘘をつけない。そうと分かって、詩雪は晶翠に尋ねた。

「……そう願うのは本心です。ですが、実際にそうするつもりは毛頭ありません。そのようなことをすれば、詩雪様に嫌われてしまいますからね」

晶翠はここまで言うと、顔を上げた。

「私は、詩雪様に嫌われたら生きてはいけない可哀想な下僕なのです」

懇願するようにして瞳を潤ませた晶翠の顔。顔がいいだけに、なかなかの破壊力だった。

目の毒だとばかりに詩雪は視線を逸らす。

「分かった。晶翠はもう下がっていい」

詩雪がそう命じると、晶翠は「は」と短く答えてその姿を消した。詩雪の影の中に入ったのだ。

晶翠の正体を知った後に聞いたことだが、凶獣である晶翠は契約者の影の中に身を潜ませることができるらしい。

宮女として過ごしていた時に、晶翠が突然現れたように見えたのは、影の中に潜んでいたからだった。

詩雪は自身の影を見下ろしながら、ふうと短く息を吐き出す。

「姉上、あまり凶獣に心を許さないほうがいい」

忠賢の忠告に、詩雪は頷く。

呂芙蓉は打倒した。だが、これからはそれ以上に厄介なものを相手にしなくてはならない。

憤怒の凶獣を従える寛国。そして、欺瞞の凶獣・窮奇。

（果たして私は、窮奇をきちんと御すことができるのだろうか……）

詩雪はため息をこぼした。

第七章

寛国の属国となっていた誠国に革命が起こった。

将軍の一人が、逃げ延びていた誠国の兵を率いて城内へ。

占拠していた寛国の兵達は、何故か抵抗することなく幽鬼のようなおぼつかない足取りで自国に戻っていった。

寛国の兵を引き込んで宮中を牛耳っていた呂芙蓉は捕らえられ、のちに処刑。

一日にしてなったこの革命は、碧鸞の出現を機に決起したとして、『碧鸞の変』と呼ばれることになった。そして『碧鸞の変』から一月が過ぎた。

宮女としてではなく、王族として後宮に住う身となった詩雪は、毎食、異母弟である忠賢と食事をする。その食事の場は、事情を知る沈壁とその侍女・小鈴も共にすることが多いのだが、最近はその食事の場が詩雪にとって憂鬱で仕方なかった。

「姉上、そろそろ心をお決めください！」

忠賢がふんと鼻息を鳴らしてそう言った。

共に卓について食事をしていた詩雪は、また始まったかと軽くため息をついてから口を開く。

「いや、だから、私は王になるつもりはない。王は忠賢、お前だ」

いつも通りの返答に、忠賢は「ああ、もう」と嘆きながら天を仰いだ。

「何を言っているのですか！　姉上が王にならずして、誰が王になれるというのです!?」

「だから忠賢がなっているではないか。他の官吏達も納得している」

「それは！　他の者達が！　凶獣窮奇を従えているのが姉上であると知らないからです！　何故隠そうとするのですか!?」

誠国の王は、未だ忠賢のままだった。王の力を持つ者は忠賢しかいないと思われているからである。

誠国の王は、『嘘を聞き分ける力』を持つ者がなる。誠国の王は、為政者としてというよりも、凶獣を封じるための祭司のような役割を求められている部分が大きい。

（そういえば、晶翠と最近顔を合わせていないな）

欺瞞の凶獣である窮奇は、呼びつけないと顔を出さなくなった。

前までは、勝手に顔を出しては、詩雪を惑わそうとしていたのだが。

「別に隠そうとしているわけではないが……だが、私は王にならぬ者として生きてきた。政に関することも学んでいないし」

「大丈夫です！　姉上は聡明ですし、私も微力ながら支えます」

「とは言っても……」

ともごもごと言いにくそうにしていると……。

「忠賢様、落ち着いてくださいませ」

二人のやりとりを見ていた沈壁は、穏やかな笑みで忠賢を窘めた。

「呂芙蓉を処刑し、寛国には属国契約の破棄を突き付けましたが、それに対する報復は今のところありません。寛国の支配から解放されたと言っていいでしょう。ですが、まだ情勢は不安定です。実質、寛国の王は、欺瞞の窮奇の力を警戒して、今のところは静観しておりますが、いつまでもこのままという保証はありません。誠国には、強く、正統な王が必要です。私としても詩雪様には一刻も早く王位についていただきたいと思っておりますが、詩雪様のお気持ちを考えず押し付けるのはよくありません」

沈壁の言葉に、詩雪は閉口した。庇ってくれたのかと思いきや、想像以上にするどい追撃がきた。

だが沈壁の言う通り、寛国は静観してくれているが、今後もこのままでいられるという保証はない。

寛国の王は、嘘に惑わされ戻ってきた寛国兵を見て、誠国が窮奇の力を手に入れたことに気づいただろう。そのため今のところは警戒して手出しをしてこないだけだ。いつ気が変わって侵略してこようとするか分からない。

「私は……強くはない。王は忠賢だ。清らかで、人に嘘をつけない誠実な忠賢こそが相応しいと思う」

力なくそう答える詩雪に、沈壁は首を傾げた。

「詩雪様は、誠実であることにどうしてそこまでこだわるのです？」

問われて、詩雪の胸がどきりと鳴る。沈壁の顔が亡き母に似ているからなのか、

『誠実に生きてほしい』と言った母の顔が脳裏を過った。

「……ここは、誠国。誠実こそが美徳と掲げる国だ。誠実な者こそ、王に相応しい」

「なら、姉上で良いではありませんか！　私は一度も、姉上のことを不誠実な人だと思ったことはありません。姉上はいつでも誠実だった。姉上ほど誠実な人を知らない」

忠賢が口を挟む。詩雪は首を振ってため息を吐いた。

話が進むといつもそれだ。寛国から誠国を取り戻すために、詩雪がどれほどの嘘を用いたのか忘れてしまったのだろうか。名前や身分をはじめ、様々なことを偽った。

「そんなことを言っていいのか、忠賢。私が王になれば、後宮は解散だぞ」

後宮は王の子を育むための場所。忠賢が王位を退けば、当然忠賢の後宮は解散する。

「別に構いません。私には、沈壁がいてくれればいい」

と言って、忠賢は蕩けた笑みを沈壁に向ける。沈壁も少し恥じらいながらも嬉しそうに微笑み返した。相思相愛。何も言わずとも彼らから迸る空気感がそう物語っていた。

二人だけの空気感を醸し出してきた異母弟らに、なんとも言えない微妙な気持ちが湧いてくる。

「しかしだな、忠賢、後宮の解散というのはそう簡単なことではない。ここにいる宦官や宮女達は後宮で仕事をして生活している。はい解散といって放り出すわけにはいかないんだぞ。彼らの今後の生活や身のふり方を考えねば……」

詩雪がそう指摘すると、側で給仕していた小鈴がハッと顔を上げた。

「た、確かに……。私もクビになってしまうということでしょうか？」

と小鈴が青褪めると、沈壁が優しく微笑む。

「小鈴さえ良ければ、私とともにいて欲しいわ。後宮からは出ることになるでしょうけれど」

「沈妃様！　ありがとうございます！　ただ……後宮の庭で何種類か虫を育てていて……それを持って出て行くことはできるんでしょうか？」

沈壁は微かに笑顔を強張らせながらも頷いた。

「それは、また後でゆっくり話し合いましょうね」

相変わらずな二人のやりとりである。それにしても、後宮内で勝手に虫を飼育するのはいかがなものか。そんな小鈴をなんだかんだと笑って許す沈壁の優しさに、思わず陰ながら賞賛を送る。

そういえばと、詩雪は小鈴に公主という身分を明かした時の反応を思い出した。最初のうちは、『知らずに何か失礼なことをしてしまったかも！』と慌てていたが、次第に落ち着くと『確かに、なんだか女王蜂っぽかったですもんね！』と虫に喩えて納得していた。

相変わらずの虫好きだった。

そんなことを思っていると、忠賢が口を開く。

「後宮のことが心配なら、このまま残せばいいのではないですか。以前も、王の兄弟が後宮を持つことがあったはずです。大変稀ですが王の姪や甥に当たるものが、『王の力』を持つこともあり、そのため王の兄弟が後宮を開くことも認められています。そうですよ、このまま後宮は残しておけば万事解決です」

「それはそうだが……」

と言った詩雪は、意味ありげに沈壁に視線を移した。

忠賢もつられて視線を移すと、笑顔なのにどことなく不穏な気配を発している沈壁がいた。小鈴の虫ネタにも苦笑いで済ませる沈壁の目が据わっている。

「まあ、忠賢様。あれほど私だけと言っておきながら、そのように力説されるほど後宮をお持ちになりたいのですか？」

「あ、いや、そういうわけでは……」

沈壁の圧にしどろもどろになる忠賢がおかしくて、詩雪はくすりと笑う。話が逸れている今のうちに退散するか、と腰を浮かせた時、詩雪に沈壁の鋭い視線が飛んだ。

「詩雪様、どちらに?」

逃がさない。沈壁の瞳がそう言っている気がした。忠賢をうまく言いくるめる自信はあるのだが、沈壁はそうもいかない。かなりの難敵だった。

「……あ、いや、そろそろ自身の宮に戻ろうかと」

「そうですか。ですが、ひとつだけ」

沈壁の静かでいて力強い声。

「詩雪様は、私の、いいえ、この誠国にとって希望なのです。そのことはお忘れなきように」

沈壁に言われると、詩雪は何も言えない。母に似たこの少女は、詩雪には少しだけ眩しすぎるような気がした。

「またため息ですか。詩雪様」

くすくすと笑う李成の声が聞こえてきた。

椅子に座ってだらしなく背もたれにもたれかかりながら、彼に脈を診てもらっていた詩雪は、不満気に唇を尖らせた。

李成は、現在、詩雪の侍医となっていた。こうやって毎朝、体調管理のために診察を行ってくれる。

「ため息も出るだろう。毎食毎食、弟に小言を言われる毎日なんだぞ」

「本当に、王になるおつもりはないのですか?」

「まさか、李成、お前まで忠賢らのようなことを言うつもりではないだろうな」

「いえ、私のような者がそのような恐れ多いことを、心のうちには思っていてもはっきりとは申し上げられません」

それはつまりははっきりとは言わないだけで、王になれと言っているようなものではないだろうか。

「私の味方はいないのか」

詩雪は嘆いて天を仰ぐ。

「私は、いつでも詩雪様のお味方ですよ。さて、本日の脈も正常です。ご健康そのもの」

という李成の声を聞いて詩雪は椅子から立ち上がって背中を伸ばした。

「本日は確か張将軍と、軍部に関する話し合いでしたか」

「ああ、そうだ。話し合いというよりも、私が宮中のことを知るために話を聞かせてもらうといった方が正しいが」

そう言って詩雪は銅鏡の前に立ち、身なりを整える。

詩雪は王に仕える臣下として、国のために働くつもりだ。となれば知識は必要である。

最近の詩雪の時間はほぼ誠国のことを知るための勉強に充てられている。

そうして宮から出た詩雪は、軍部の修練場に向かう。だが途中の内廷から外廷に至るまでの一つ目の門扉の近くで、なんと張と合流した。

「張将軍、わざわざ出迎えに来なくても良かったのだが。しかもここはまだ後宮内だぞ」

戸惑いながら詩雪がそう言うと張はカラリと笑う。

「ははは、実は忠賢様に頼まれましてな。早めにお迎えに上がり、詩雪様が王位を継ぐように説得をしてくれと」

詩雪は思わずうんざりした顔をした。

「張将軍、お前もか。そなたは、忠賢の言動を窘めなければならない立場ではないのか？」

「ははは、そうあからさまに嫌そうな顔をしないでくだされ。しかし、わしとしても忠賢様と同じ気持ち故、断ることなどできませぬ」

「お前も、私が王になれと？」

顔を顰めた。会う人会う人総じて同じ話をしてくる。

「武官の中にはそう望む声があります」

「何故だ」

張は、詩雪が窮奇を従えていることを知らないはずだ。その張まで王にと推す理由が正直詩雪には分からない。それに張は……詩雪が幼かった頃、後宮から逃げることしかできなかったのを知っている。

「落ち延びた兵らを宮中に引き込んだのは、詩雪様です。軍部の若い者は皆、詩雪様に懸想してますぞ」

「何を馬鹿なことを……」

張の冗談に詩雪は呆れたが、すっと視線を上げた。

「皆に好かれる者が、王になるわけではない。それに……私は無力だ。お前だって、そう言っていたではないか」

詩雪が、後宮から逃げ出した日のことを思い出してそう言うと、僅かに張が目を見開く。

「それは、数年前のことです。詩雪様は、強くなられた。いや、もともとお強い方だったのでしょう。ただあの頃のわしの目が節穴で、気づかなかっただけのこと」

「今のそなたの目に穴が空いている可能性もあるぞ」

憎まれ口を叩く詩雪を、張は優しく微笑んで見つめた。

「わしは、呂芙蓉から誠国を取り戻すために動いておりました。人や物を集め、決起する時期を見定めていたのです。しかし、本当のことを申せば、決起したとて勝てるとは思っていなかった。それほど、寛国の兵士を従えた呂芙蓉は強力だった。機を待っているなどと言っていたが、それは自身の心を慰めるためのもの。何もしていない罪悪感から逃げ出すために、とりあえず何かをしてそれで満足を得ていた。……勝てない戦いに身を置く気概など、なかった」

張の言葉に詩雪は目を見開く。

「そんなことはない。実際、そなたは突然現れた私に助力してくれた」

「そう、それこそが詩雪様の力です。勝てないと思いこみ、気持ちで負けていたわしらを詩雪様が変えてくださったのだ。わしらに、勝てると思わせてくれた」

「そんな、たいそうなことをした覚えはないが……」

死体のふりをして後宮から抜け出した詩雪は、忠賢が得た情報を頼りに張が潜伏している場所へと向かった。

容易い旅ではなかった。体力もつきかけた頃に、ようやく張と出会うことができた。長年の潜伏に、目に見えて疲れ果てている様子の張達を見て、活を入れようとしたのは覚えている。

だが、正直なところ何を言ったのかまではあまり覚えていない。

いつものように、はったりをかましたのだとは記憶している。必ず勝てると、強がって見せた。

「あの時、詩雪様は誠実な者こそが報われる時がきたのだと仰せになった。……誠実さを忘れかけておったわしらには、痛い言葉だった。だがその痛みが、わしらを奮い立たせてくれた」

「張将軍……」

詩雪は思わず口を噤む。なんと答えればいいのか分からない。

詩雪のその言葉は、ただの願望だ。兵達に活を入れるために紡いだ嘘。本心でそう思っていたわけではない。

「あの美しかった公主が、その身に傷を負い泥に汚れても、呂芙蓉の理不尽さに屈せず確かな信念を持って、わしらのところまでやってきてくれた。そのような者の言葉を聞いて、心が動かぬ者がいましょうか」

張の真っ直ぐな信頼をどう受け止めるべきなのだろうか。

迷う詩雪の耳に、女の諍う声が聞こえた。

張にも聞こえたようで、顔を上げている。

「これは……佳玉の声……？」

呂芙蓉に仕えていた侍女の佳玉だ。

呂芙蓉についていては罰したが、それに仕えていた者達の多くは許された。ほとんどの者が、呂芙蓉を恐れて従うしかなかったと言って、忠賢がそう決めた。佳玉もその許された一人。甘い判断だとは思うが、それもまた忠賢らしいと詩雪も納得してのことだった。

耳をそばだてると、佳玉の痛みに呻くような声と、別の宮女の罵るような声。ただごとではない様子に、顔を顰めた詩雪は声のする方へと向かった。

建物と塀の間の暗がりに、佳玉を含めた女性が四人。建物の角からこっそりと覗き見ると、地面に座りこむ佳玉を囲むようにして、三人の宮女が立っていた。

「呂芙蓉がいなくなってざまあないわね、佳玉！」

「ほら、水よ！　もっと飲みなさいよ！　真冬にあんたに冷水をかけられ続けて死んだ宮女もいたんだからね！」

一人の宮女がそう言って、桶の水を佳玉にかけた。

びしょ濡れになった佳玉は、必死な顔で首を振る。

「ち、違う！　そ、それは、呂芙蓉様の命令で……！」

「黙りなさいよ！　やったのはあんたでしょ!?　あんたなんか、あの悪女と一緒に死ねば良かったのに！」

宮女はガコンと、桶そのものを佳玉に投げつけた。額にあたり、そこから赤い血が流れていく。

あまりな光景に、詩雪は言葉を失った。

(呂芙蓉に対する憎しみが、それに仕えていた者達に伝播してしまっているのか……)

「止めましょうか」

張の言葉に微かに首を横に振った。

「いや、いい。私が行く……。こういうのは、男が行くと余計に拗《こじ》れるんだ。色目つかってとか言われて」

「は、はあ」

と腑に落ちないと言いたげな返事を聞きつつ詩雪は宮女達の前に姿を現した。

足音で気づいた宮女達が、怪訝そうな顔を詩雪に向ける。だが目の前の女性が詩雪だと気づくと、慌てて地面に座って頭を下げた。

「詩雪様……！　こ、このようなところでいかがしましたでしょうか」

「諍いの声が聞こえてな」

「も、申し訳ありません！」

「……呂芙蓉がそれほど憎かったか。それに従っていた者達すらも憎らしく思うほどに」

「はい。……あ、でも、その……申し訳ありません」

「何故、謝る。謝るということは、悪いことをしていると思っているからか」

「……はい」

　宮女は素直に詩雪の言葉を肯定する。

　そんな宮女らの姿を詩雪は静かに見下ろした。宮女らの気持ちが分からなくもないと思う自分がいる。

「……気持ちというのはままならないものだ。憎むなと言われて憎まなくなるようなものではない。だが、憎むべきは呂芙蓉だ。そして呂芙蓉はもう報いを受けている。それに……己のすることが少しでも良くないことだと思うのなら、やめておいた方がいい。憎む相手のために、自分の心を汚すのは勿体無いことだと思う」

　詩雪の言葉に、三人の宮女は押し黙った。どう思っているのかは分からない。王の力を持つ詩雪が尋ねれば正直に答えるだろうが、わざわざ尋ねるものでもない。

「今日のことは見なかったことにする。ここから立ち去れ」

詩雪がそう言うと、三人の宮女は泣きそうな顔で頭を下げると去っていった。

そして残されたのは、佳玉一人。

佳玉は、詩雪が現れてからずっと、ずぶ濡れのまま顔を伏せていた。

「佳玉、大丈夫か」

そう言って、詩雪が手を差し伸べる。しかしそれは佳玉の手によって弾かれた。佳玉が顔を上げる。

「大丈夫なわけないでしょ!? 何よ! どうせ、いい気味だと思っているくせに!」

泣きそうな顔をしながら目を吊り上げて怒りを見せる佳玉がいた。

その迫力に圧倒された詩雪は呆然と彼女を見る。

「私、あんたに酷いことしたものね! どうせさっきの女達と同じように憎んでるんでしょう!?」

「私は、別に……」

「憎んでないなんて言わないでよ! そんなの嘘に決まってる! 決まってるんだから! もう殺してよ! こんな……こんなの……」

そう言って、泣き崩れるようにして、佳玉は地面に顔を埋めた。

確かに、佳玉には色々やられた記憶はある。宮女として後宮に入った時も、かなり横柄な態度を取られた。

「あんたにはわからない！　誠実に生きろと言われたって、誠実に生きてたら、ここまで生きてこれなかった！」

佳玉の言葉に、詩雪は自分の過去を思い返して瞠目した。

同じだ。詩雪も、誠実に生きたかった。小さな嘘ですら後ろめたい気持ちになった。

でも、嘘やはったりを使わねば、詩雪は生きてこられなかった。呂芙蓉を追い落とすこともできなかったはずだ。

自分が生きるために、嘘をつくこと。誰かのために偽ること。それらでさえも、不誠実と言われるのだろうか。

「佳玉、私は別にお前を憎んでなどいない。どうこうするつもりもない」

「やめてよ！　何を言ったって目に見えないものなんか何一つ信用できない！」

「なるほど。つまり、目に見えるものなら信用できるということか？」

「ええ、そうよ！　言葉なんていくらでも嘘をつけるじゃない！」

「そうか……」

詩雪はそう言って頷くと、後ろを振りかえって様子を見ていた張を呼んだ。

「詩雪様？　いかがしましたか」

「刃物はもってるか？　小さいやつがいい」

「小さい、刃物？　はあ、一応、短剣がここに」

と、怪訝そうな顔をしながらも張が腰にかけていた刃物の中から一本を抜き取る。

佳玉の顔に、怯えの色が浮かぶ。

「ま、まさか、本当に、こ、殺すつもり……？」

刃物を前にして、先ほどまで殺してよと言っていた勢いは消えていた。

そんな佳玉の様子を気にする風もなく、詩雪は片手で髪を一本にまとめる。そして張が差し出した短剣の柄を摑むと、あろうことか自身の豊かな黒髪を、勢いよく切った。

「な……！　詩雪様！　なんてことを……！」

愕然としたような張の悲鳴にも似た声を聞きながら、切り落とした髪の毛を佳玉の目の前に差し出す。

当の佳玉は、女の命とも言える髪が目の前で切られたことが信じられず、目を見開いて固まった。

「女の髪には心が宿るらしい。つまり目に見える心だ。目に見えるのだから信用できるだろ。私はお前を憎んでいないし、どうこうするつもりもない」

詩雪は「ん」と言って、早く受け取れとばかりに切った黒髪を佳玉に押し付ける。

しかし驚きすぎて固まる佳玉が受け取る素振りを見せないので、ほぼ無理やり手を開かせて髪を握らせた。

「また何か他の宮女に言われたら相談しに来ていい。後宮の風紀の乱れは見過ごせない」

そう言って詩雪は、踵を返してその場を去った。いまだに唖然とした表情のまま固まっている佳玉を残して。

「詩雪様！　何ということをなさったのです！」

そう言って、詩雪を追ってきたのは張だ。

「髪を切っただけだが」

「切っただけなど……!!　高貴な方の短髪は、罪人の証ですぞ！」

誠国の王族やそれに近しい名家の者達は、男女共に髪は切らない。高貴な身分の者が髪を切るのは、何らかの罪を犯した時ぐらいだ。

あわあわと困り果てた様子の張を見て、詩雪は歩きながらニヤリと笑う。

「この髪では、流石に王になれないな」

不名誉の証たる短髪を自慢げに風に靡かせながら詩雪が言うと、張はあんぐりと口を開けた。

「まさか、王になるのが嫌で切ったのですか!?」

「さあ、どうだろうか」

髪を切ったのは、佳玉に自分の気持ちを示すためだ。だが一瞬だけ、確かに髪を切れば王にならなくても済むという考えが巡ったのも嘘ではない。

「これでいいんだ。私は王の器ではない。誠国の王は、忠賢がなるべきだ」

「詩雪様……」

張はそう呟いて立ち止まった。前を進む詩雪の背中を見つめる。

「それでも、わしの目には貴方様こそが王の器のように見えますぞ」

張の小さな呟きが後ろから聞こえる。だが詩雪はそれを聞こえないふりをして歩くのだった。

髪を切ったことに対して、忠賢に酷く怒られた。

だが、切ってしまったものはしょうがないと開きなおる詩雪を見て、とうとう忠賢は諦めたらしい。

恒例の食事会で、とうとう忠賢はこのまま自分が王位を継ぐことを了承した。

「本当に、姉上は頑固なのですから!」

むっつりとした顔でそう嘆く忠賢を見ながら、詩雪は苦笑した。

「すまない。だが、前にも言った通り私は忠賢を支えていくつもりだ。決して一人にはしない」

「姉上は髪を切られて、なんだかますます男前に磨きがかかっている気がします」

がっくりうなだれた忠賢はそう言うと、酒の入った盃を口に持っていってあおる。やけ酒だとでも言うように。

「それにしても詩雪様、切ってしまったお髪《ぐし》はどちらに？　せめて鬘《かつら》だけでも作らねば。式典の際に入用の時もありましょう。小鈴もそう思うでしょう？」

詩雪の短い髪を痛々しそうに見ていた沈壁が気遣わしげにそう言うと、侍女の小鈴に話を振った。茶器の用意をしていた小鈴は、その手を止めてうんうんと深く頷いた。

「そうですよ。あんな、まるでカブトムシの角のように黒々と照り輝く美しいお髪だったのに……」

小鈴が悲しそうに言うのでなんとも居た堪れない気持ちで詩雪は視線を逸らす。人の髪を虫で喩えるのはどうかと思うが、残念に思われているのは十分に伝わった。女性から見ると、詩雪の状況は相当哀れに見えるらしい。詩雪本人はさほど気にしていないのだが……。

詩雪は咳払いしてから口を開いた。

「あ、その、切った髪はその場にいた人にあげてしまって手元にはもうないんだ」

佳玉とのやりとりは濁した。

詩雪が自ら切ったとはいえ、佳玉の言葉が髪を切るきっかけになったのは確か。場合によっては佳玉が罰せられる可能性があるため、張にも内密にするように言い含めてある。

「え!?　あげたのですか!?」

思ったよりも沈壁の反応が大きく、一瞬詩雪は目を見張る。

「あ、ああ、その、あまり詳しくは言えないのだが……」

「そんな……!」

と嘆いた沈壁はふらりと倒れそうになり、隣の小鈴が慌てて支えた。

「だ、大丈夫ですか、沈妃様!」

小鈴の声かけに、沈壁は弱々しく頷く。

「え、ええ。なんとか。でも、羨まし過ぎます……私だって、いただけるのでしたら詩雪様の髪が欲しかったです……」

「そうなのか？　だが、沈壁の髪だって十分美しい。私の髪を用いた鬘など必要ないだろう？」

今にも倒れそうなぐらいに嘆く沈壁にたじろぎながら詩雪がそう返すと、沈壁はきっと詩雪を睨みつけた。

「美しいから欲しいのではなくて！　詩雪様のだから欲しいのです！」

と拳を握って答えられる。ものすごい迫力だった。

「姉上！　そんなふうに男前になって、私の沈壁をたらし込むのはおやめください！」

忠賢からの別方面での必死の懇願に、詩雪はますます混乱していく。

（一体、なんなのだ、みんなして……）

と内心疲れていると、外から慌ただしい足音が聞こえてきた。

今詩雪達がいるのは、王の住いの誠養殿。外に見張りを立たせているが、中は人ばらいをしている。

聞こえてくる足音は、誠養殿の廊下を駆けてくる音だ。

「し、静かに。音が聞こえる」

詩雪の言葉に、忠賢達もハッとして静かになった。

そしてそののっぴきならない足音は、確実にこちらに近くなっている。

詩雪が身を正して扉を注視していると、扉が勢いよく開いた。そしてそこにいたのは、佳玉。

青褪めた顔で中に入ると、倒れ込むようにして床に手をついた。

そして必死な顔を真っ直ぐ詩雪に向ける。

「詩雪様！　逃げて！」

そう佳玉が言い終わるか終わらないかのところで、別の人影が扉のところに現れた。

宦官の服を着た男だ。手には、血に濡れた剣が握られている。その男には見覚えがあった。確か、呂芙蓉に付き従っていた宦官だ。

宦官は剣を振り上げた。

このままでは、佳玉が切られる。そう悟った詩雪は、とっさに駆け出した。手を佳玉に向けて伸ばす。

佳玉も、詩雪に手を伸ばしていた。あともう少しで届く。

そう思った時に、誰かに引っ張られる感覚がして、詩雪は佳玉の手を取れぬまま後ろへ抱き込まれた。

そして、目の前で佳玉の背中に宦官の凶刃が刺さるのを、見た。妙にゆっくりに見えるその光景から、詩雪は目を離せない。

背中から血飛沫をあげた佳玉は、その場に倒れ込んだ。

「佳玉！　おい、離せ！　離せ、晶翠！」

詩雪は、後ろから抱き込んだ者、晶翠の名を呼んだ。

「詩雪様の身が危ないですので、命令とあれど聞けませんね」

嫌に呑気に聞こえる晶翠の言葉が腹立たしい。

だが、晶翠に苛立っている暇はない。佳玉を刺した者の他にも、ぞろぞろと人が数人入ってきた。どれもこれも、呂芙蓉が目にかけていた奴らで、全員刃物を持っている。

「お前ら、何者だ！」

詩雪の後ろで、忠賢の声がした。声を張り上げているのは、外にいるはずの侍衛を呼ぶためだろう。

（しかし、ここにきた宦官どもの剣はすでに血で汚れていた。見張りを刺し殺してきたか……）

そうであれば、すぐに助けが来てくれることは期待できない。焦燥に駆られながら、突如乱入してきた宦官どもを見ると、みな白目を剝いて口から泡を吹いていた。

（寛国の、凶獣の力か……！）

その憤怒の凶獣の力を得た者に出てくる特徴的な症状を見て、詩雪は確信した。

寛国が、痺れを切らして窮奇の契約者を直接暗殺しようとしているらしい。

「晶翠、あいつらを殺せるか？」

「ご命令とあれば。ですが……」

晶翠が答えている間に、宦官の一人が詩雪に飛びかかってくる。しかしそれは、晶翠が一部獣化した右手で横に払うことですっ飛んでいった。大きな音とともに、襲ってきた宦官は壁にめり込む形で絶命する。

「詩雪様を守ることが最優先ですので」

晶翠がそう言い終わるか終わらないかというところで、残りの宦官達が詩雪達の横をすり抜けて、忠賢の元へと駆け出していた。

(そうか、狙いは、忠賢!)

忠賢の方を見れば沈壁と小鈴を後ろに庇って、念のためにと持ち歩いている剣を構えている。

王の嗜みとして剣を使えるのだろうが、正直、沈壁達を庇いながら宦官といえど武装した男二人を相手にして戦える気がしない。しかも、相手は憤怒の凶獣の力を得ている。

「晶翠、忠賢を守れ!」

しかし、詩雪を守ることに重きを置いているらしい晶翠に、動く気配はない。

たまらず詩雪は、忠賢に襲い掛かろうとしていた宦官どもに向けて口を開いた。

「誰の命令で、何をしようとしたか言え!」

詩雪の言葉に、宦官どもの動きが、鈍った。

憤怒の凶獣の力で、我を失った様子の宦官どもに黒目が戻る。その黒目を戸惑うように左右に揺らしながら、口を開く。

「……」

「寛国の者に話を持ちかけられた。誠国の王を殺せば、呂芙蓉の後釜にしてやると」

「呂芙蓉処刑後、我々は苦汁を飲まされた。誰も彼もが我らを蔑む……だから寛国の奴らから話を持ちかけられて……」

宦官どもは、勝手に動く口に戸惑いながらも詩雪の『王の力』には抗えず話してい
く。

その大きな隙を、忠賢は見逃さなかった。憤怒の凶獣の力も失ったように見える宦
官であれば、二人相手だとしても忠賢の方が勝った。

片方を袈裟斬りすると、もう片方の左胸に剣を突き刺す。宦官どもは地に倒れふし
た。

「は、は……。し、詩雪……さ、ま……」

苦しそうな息遣いとともに、詩雪の名を呼ぶ声が聞こえた。

見れば、背中を切られ、弱々しく床に倒れた佳玉だ。

「佳玉！　大丈夫か⁉」

詩雪は倒れる佳玉の傷口を見た。背中を大きく切られている。出血が多い。

すると、また扉の方から足音が聞こえてきた。

「陛下！　ご無事ですか！」

敵かと一瞬警戒したが、忠賢の侍衛だった。騒ぎに気づき駆けつけてくれたのだ。

「誰か李成を呼んできてくれ！」

詩雪は味方だと認めると、一番信を置いている医官を呼ぶ。なんとかして助けた

かった。

詩雪達を襲おうとした宦官の話によれば、寛国の間者は呂芙蓉が失脚して困っていた者達に声をかけていたようだった。おそらく、佳玉にも。しかし、佳玉はその話を聞いて、詩雪に危険があることを知らせようとしてくれたのだろう。そして、切られた。

自分の服の袖を、佳玉の傷口に押し当てる。少しでも血を止めねばならない。

すると、佳玉は床に手をついてなんとか起きあがろうとした。

「佳玉、動くな。ここで大人しくしてろ」

詩雪はそう言うが、佳玉は顔を上げて詩雪に縋るように血で汚れた手を伸ばす。

「詩雪、さま……。この前は、助け……ありがとう、ござい、ました」

佳玉がどうにか絞り出したか細い声でそう言った。

「いいから、何も喋るな」

「わ、私も……っ！　せ、誠実に……生きた、かった……」

もう生きられない、そう悟っているような口ぶりに詩雪は首を横にふる。

「諦めるな！」

しかし佳玉の耳にはもう届かないのか、どこか遠いところを見るような虚ろな目に変わっていく。

「だ、誰もが、誠実に生き、られる……そんな、国に……。詩雪様……どうか」

そう言って佳玉の手が真っ直ぐ詩雪の方へ。

詩雪はその手を取って握りしめた。

『誠実に生きろと言われたって、誠実に生きてたら、ここまで生きてこれなかった！』

そう叫んだ時の、佳玉の顔を思い出す。

怒りとも悲しみともいえない悲痛な顔。それは幼かった詩雪と重なった。

誠実であるだけでは生きてこられなかった。呂芙蓉に従わねばならなかった。

そうして、自分の誠実さに背いているうちに心が麻痺する。誠実というものが分からなくなってくる。不誠実であるほうが良い思いをするのなら、それこそが正しいのではないかとさえ思えてくる。

そして不誠実な行いをするたびに、心の中のどこかが痛むのだ。

そう思ってしまう気持ちが、痛いほど、分かる。

「分かった。そんな国にする。だから生きろ」

詩雪はそう言うが、佳玉の視線は合わない。だが微かに微笑みを浮かべた。

「……ああ、やっと、心の、ままに……初めから、こうしてれば、良かっ……」

「佳玉……！」

がくりと全ての力が抜け落ちたように、佳玉が詩雪の胸の中で倒れ込む。

詩雪が名を呼んでも、もう佳玉はピクリとも反応しなかった。息を、していなかった。

「詩雪様……！　参りました」

息を切らしてやってきたのは、医官の李成だ。だが、詩雪は唇を噛み締めて首をふる。

「助からなかった」

「こちらは、佳玉、さん……!?　そんな……」

詩雪のそばで倒れているのが佳玉と分かった李成から、戸惑いの声が漏れる。

詩雪は、佳玉を優しく床に寝かせると、まぶたを指でそっと閉ざした。

「申し訳ありません。私がもう少し早く伺えていれば……」

「いや、どちらにしろ、間に合わなかった……」

傷口は、心の臓に近かった。しかも、深く刺さっていた。李成が側にいたとして、助かるとは思えない。

誠実に生きたくとも、生きられなかった佳玉の安らかな顔を見下ろす。

その死に顔が、どこか安堵しているように見えるのだけが救いだろうか。

そう思って、ざわつく自分の心を慰めるしかなかった。

寛国の間者に唆《そそのか》された元呂芙蓉付きの宦官達は、油断を誘って見張りを殺した後に、詩雪と忠賢が食事をしていた居室に向かった。

武の心得のない宦官でも憤怒の凶獣の力があれば、油断していたとはいえ侍衛を倒せる。それは、寛国の王の力の恐ろしさをまざまざと見せつけてくるかのようだった。

そして、武官らの必死の捜索で寛国の間者を見つけ出し、持っている情報を全て吐き出させた上で処刑した。とはいえ、持っていた情報などほとんどなく、寛国の命令で誠国の王を殺せと言われたから、宦官どもを利用したという、それだけだ。

そうして王の居室への賊の乱入問題は、一旦収束した。

慌ただしい日々が落ち着き、三日ぶりに詩雪は静かな自分の宮に帰ってきた。張将軍が必要以上に護衛をあてがおうとするのをどうにか断るのは一苦労だった。

凶獣である晶翠は常に詩雪の影の中に潜んでいる。何かあれば助けてはくれるので、必要以上の護衛は正直煩わしいだけなのだが、事情を知らないのでそれもしょうがない。

詩雪はため息を吐き出して、満月の昇る夜空を窓から見上げた。冷たい夜風が肌を撫でる。

「晶翠」

そう名を呼んだ詩雪が後ろを向くと、月明かりに照らされて浮かび上がった自身の影を見下ろした。

「ここに」

彼は音もなく、膝をついて頭を下げた姿勢でその場に現れた。窓から差し込む月明かりで彼の銀色の髪が神々しいまでに輝いている。

「聞きたいことがある。……何故、佳玉を見殺しにした？」

その言葉は、詩雪が思うよりも冷たく響いた。

晶翠は、佳玉を助けようと手を伸ばした詩雪を引っ張り、抱き込んだ。それは詩雪を守るためのもの。だが、晶翠ならば、佳玉ごと守ることもできたはず。いや、そもそも彼の爪ならば、佳玉が切られる前にたやすく賊を屠《ほふ》ることができたはずだ。

自身の無力を棚に上げて晶翠を責めているという自覚はあるが、憤る気持ちは収まらない。思わず睨むように晶翠を見下ろすと、彼は不思議そうにいつもの胡散臭い笑みをたたえたまま、首を傾げた。

「だって、あの女は貴方にとって何者でもないではありませんか。どうして私が助けねばならぬのですか？」

「どうしてって……佳玉は知らぬ顔でもないし、いや、その前に人が一人死ぬかもしれないのだぞ。見捨てることなどできないだろう」

「あれは詩雪様の家族でもないですし、友人でもない、貴方様が守るべき者でもなんでもないではありませんか？」

本気で分からないという顔をして逆に尋ね返してくる晶翠を見て、詩雪は目を見開いた。

ここにきて、改めて目の前の男が、人外の獣であるのだと思い知る。

そして気づいた。晶翠は『貴方様が守るべき者でもなんでもない』と言った。晶翠が、佳玉を守ろうとしなかった根本的な理由は……。

「……私が、王ではないからか」

「確かに、詩雪様が治める国の民であるならば、その女にも多少は心を砕いたかもしれませんね」

にっこりと微笑む晶翠を見て、唇を噛む。

かつて誠円真君が、四凶の窮奇を調伏した後に国を興した意味を詩雪は理解した。四凶、窮奇に守るべきものを増やすためだ。窮奇の契約者が王になることで、彼が心を砕く対象を増やそうとしたのだ。そうすることで、窮奇の封印はより完璧に近づくのだろう。

だが一つ、気がかりがあった。

「お前は、私の言うことに逆らえないのではないのか？　誠円真君に調伏され、従属を強いられているのでは？」

　賊に襲われた時、晶翠に忠賢を守るように言っても動かなかった。そのことがどうしても気にかかっていた。

「もちろん、私は詩雪様には逆らえません。ですが、誠円真君に調伏されたわけでも、従属を強いられているわけでもありません。私はただ、誠円真君に契約を持ちかけられ、それに同意しただけ。詩雪様に逆らえないのは、その副産物のようなもので、絶対ではないのです」

　思ってもみなかった話になり、詩雪は眉根を寄せる。

「どういうことだ？」

「誠円真君が持ちかけたのは、私に人の心をもたらす契約。誠円真君の血を受け継ぐ者に縛られることで、私は人の心を手に入れた。私と貴方様の間に今なお結ばれているその契約は、私を私たらしめるためのもの。何があっても手放せない」

「誠円真君の血を受け継ぐ者に縛られる……？」

「ええ、そうです。つまり、愛ですよ、詩雪様」

　満面の笑みでそう答えた晶翠は、どこか陶酔したような表情で詩雪を見上げた。

「詩雪様を愛する心が私を獣ではなく人たらしめる。そしてそれこそが、私の欲しかったものです。従属しているように見えるのは、愛しているから貴方の言葉に逆らえないだけ。しかし愛故に、貴方様の命令を聞けぬ時もあるのです」

そう恍惚の表情を浮かべて迫るように話す晶翠の目には、熱があった。思わず詩雪が一歩足を引いてしまうほどの、狂気を孕んだ瞳。理由は分からないが、ひどく恐ろしかった。この場から逃げてしまいたい衝動に駆られるが、どうにか踏みとどまり、唾と共に恐れを飲み込んで口を開いた。

「お前は、私を愛しているから言うことを聞いている、ということか？」

「ええ、その通りです。何度もお誘い申し上げたでしょう？　愛しているから二人だけで暮らしたかったのです。ですが欲を言えば、詩雪様以外の人間など全て滅んでほしい。そうすれば、詩雪様は私のことを愛するしかないのですから。ですが、それをしようとすると、詩雪様に嫌われてしまうでしょう？　愛するが故に詩雪様以外の全てを滅ぼしたいのに、愛するが故にそれができない。ああ、なんと不自由なことでしょう。ですがまさにこの不自由さこそが、私を私たらしめる心……！」

熱に浮かされたような晶翠に、思わず詩雪は絶句した。だがその恐れを、晶翠に悟られたくない。詩雪は、どうにか平静を装って、晶翠に背を向ける。

（愛？　そんな、曖昧なもので、凶獣を御さねばならないのか？　いや、本当に恐ろしいのは、私が晶翠の愛に溺れた時なのではないか？　そうなれば……）

晶翠の求めに応じて、詩雪は自分達以外の人々を滅ぼそうとしてしまうかもしれない。

目眩がした。そして誠円真君に調伏されたはずの凶獣が、宮城の地下に封じられたその意味を知る。

御しきれなかったのだ。御しきれなかったから、封じた。

だが、今の詩雪に窮奇を封じる余裕はない。憤怒の凶獣を従える寛国の脅威がすぐ側にある。

夜空に浮かぶ月を見上げた。闇にのまれぬように必死で光り輝くその姿が、自分と重なる。

「王になるのですか？　あれほど嫌がっていたというのに。貴方は私という存在があるがために、この国の王となるのですね？」

後ろから晶翠の言葉が聞こえた。どこか嘲笑っているような声色。

晶翠の愛は明らかに歪んでいる。たとえ、詩雪が辛い思いをしようとも、己の存在が詩雪の意思決定に関われることを愉しんでいるのだ。

色々な思いを飲み下し、ゆっくりと頷いた。

「ああ、私は王になる。……だが、お前のために王になるわけではない」

詩雪はそう言って振り返った。窮奇に対する恐れも、戸惑いも決して悟らせない。

その覚悟を決めた。

「私は、誠実な者のために王になる」

「誠実……？　ふふふ、詩雪様はおかしいことを言う。真に誠実な者などどれほどいましょうか。人が容易く誠実さを踏み躙る姿を、詩雪様はこれまで何度も見てきたというのに。誠実でいるためには、人は弱すぎるのです。詩雪様はいつか必ず慈悲をかけた者達の不誠実さに打ちのめされる日がくることでしょう。ああ、なんとお労しい」

嬉しそうに嘆いてみせる晶翠を、詩雪は見下ろす。晶翠の言葉は、詩雪が蓋をして見ないようにしている気持ちそのものなのかもしれない。

人を信じたいのに、心の底から信じることができない。疑ってしまう。人の誠実さを疑ってしまうのは、自分の中に不誠実さがあるからだろうか。

「確かに、そうかもしれない。誠実さとは、儚く、脆い。だからこそ誠実でありたかったのに、そうあれなかった者達がいる。佳玉は、誠実に生きたかったと言った。誠実でありたかったのに、彼女の境遇がそれを許さなかった。私は佳玉のような、誠実になりたくともなれなかった者達のために王になる」

「なるほど。大した志を掲げられておられる。ですが嘘や偽りを平気で扱う詩雪様が、果たして誠実な者のための王になれるのでしょうか？」

楽しくて仕方がないとでも言いたげな晶翠の声が胸に響く。自分の言葉が詩雪の心を惑わすのが嬉しくてしょうがないのだ。

思わず詩雪は苦く笑った。この獣は詩雪のことを愛していると言いながら、憎んでいるのではないかとすら思う。詩雪の弱っているところを、痛いところを、いつも的確に突いてくるのだから。

だが、そろそろ向き合わねば何も始まらない。凶獣を御するというのなら、尚更。

「確かに私は嘘も偽りも用いたことがある。だが後悔はしていない。私は私の誠実さに向き合ったからこそ、嘘という矛を手に取り、偽りという盾を構えたのだ。己に誠実であるために、私の大切な者達に誠実であるために必要だった。たとえ、時が戻ったとしても、私は臆せず矛と盾を手に取る。そして大切な人達の誠実さを守る。それが、私の『誠実さ』だ」

詩雪はそう答えながら、母のことを思った。『誠実に生きてほしい』と願った母の言葉を飲み込めずにいた幼い頃を。

だが今なら母の言葉に『私は誠実に生きている』と堂々と返事ができるだろう。それで、母が納得するかは分からないが、それが詩雪が自分の心に向き合って出た答えだ。

「そんなの、屁理屈ですよ」

勢いを無くした晶翠の言葉が面白かった。あれほど恐ろしく感じた欺瞞の凶獣の影が薄くなる。

「そう聞こえるのならそれでいい。だが、これが私にとっての真実だ」

肩をすくめて笑ってみせる。余裕が出てきた。

「だが、誠国の民には、できれば武器を持って欲しくない。武器を持たずとも、誠実に生きられるようであって欲しい。私はそのために、武器を手に取れる王になる」

誠実でありたいと思っている者も、嘘という武器を手に取ればその鋭さに己を傷つけてしまうこともある。

だから、詩雪が代わりに武器を取ろう。その鋭さも、恐ろしさも知っているからこそ、自分を失わずに扱える。

「……本当に、詩雪様はままならない。初めは御しやすそうな小娘だと思ったというのに。心に傷を負い、愛に飢えていて、少し優しくすれば、私なくしては生きていけなくなるだろうと……」

不満そうな声が聞こえて晶翠を見れば、唇を尖らせて全力で不満そうな顔をしていた。

晶翠の本心なのだろう。

「なかなかひどいことをはっきりと言う」

詩雪は思わず笑った。

愛という契約によって御されている窮奇は、同じく愛で詩雪を御そうとしている。先ほどまで恐ろしく感じていたそれが、ひどく釣り合いの取れたもののように思えてきた。

詩雪とて、なんの危険もなく、力を得られるとは思っていない。

「晶翠、これからも、私についてきてくれるか」

しかと晶翠の目を見て詩雪は問う。偽ることを許さぬ詩雪の問いを晶翠は正面から受け止めた。

「もちろんですよ。……私の言葉に惑わされてくれないところが、ますます誠円真君に似ています。だからこそ、これほどに愛おしいのでしょうか」

諦めたようにそう言った晶翠は、改めて姿勢を正し、叩頭する。

「詩雪様に幾久しくお仕えいたします。我が愛しき方」

晶翠の言葉に、詩雪は晶翠と初めて会った時のことを思い出した。

あの時にも同じ言葉を言われた。胡散臭さしか感じなかったその言葉が、今は不思議とそのまま受け取れる。

それは詩雪が己の力を自覚した故か、それとも詩雪の心の持ちようのためなのか。

(何故だろう。今初めて、晶翠と少しは分かり合えたような気がする)

詩雪はクスリと微笑んだ。

「こちらこそ、よろしく頼む」

きっとどんな時も、この油断ならない隣人は、時に詩雪を惑わしながらも共にいてくれるのだろうと、そう思うことができた。

終章

誠国に新しい王が立つ。

そう聞かされて即位式に参列した官吏達は、戸惑いを隠せないでいた。

即位式にて王壇にいたのは忠賢の異母姉、詩雪。バッサリと切ったはずの髪には付け毛を足して、以前と変わりない美しい黒髪を高く結いあげて纏めている。

そして今まで官吏達が王と慕っていた忠賢は、王壇の下にて詩雪が座る玉座に向かって平伏していた。

詩雪はそんな官吏らの戸惑う心を見透かすように睥睨してから立ち上がった。

「突然のことで、戸惑う気持ちは重々承知している。実は、忠賢からは私が王に立つようにと以前より進言されていた。今、私がこの場にいるということは、それを私が受け入れたということを示している」

淡々としながらも、何故か直接胸に届くような力強い声。多くの官吏が戸惑いながらも静かに聞き入っていたが、一人の文官が恐れながらと口にしながらも顔を上げた。

「誠国は代々『王の力』を強く受け継いだお方が王位につかれていたはずです。確かに、先の政変は、詩雪様が内密に張将軍と陛下を繋いでくださったからこそ成し遂げられたこととは思います。ですが、その功績で王位につくというのは許されるべきではありません。王の資格なき者が王位を簒奪したようなものです。はっきりと申し上げれば、それでは呂芙蓉がしたことと同じ」

鋭い言葉にその場にいた官吏の多くが息をのんだ。だが誰もが心の中で思っていた言葉でもあった。

王壇の近くで平伏していた忠賢が顔を上げて異を唱えた者を振り返る。

「なんと無礼な……！　姉上は……！」

「やめろ、忠賢」

声を荒らげる忠賢を詩雪は強い口調で窘める。

「その疑念は当然のもの。むしろよく声を上げてくれた」

詩雪は静かにゆっくりとそう言葉にすると、一歩前に出た。

戸惑う臣下達一人一人を見るように、見渡す。

「そう。この誠国は、『王の力』を強く持つ者が王位を継いできた。理由は、建国のきっかけとなった四凶の一角、欺瞞の窮奇にある。『王の力』をより強く持つ者が、代々欺瞞の窮奇を御しているからだ。そして窮奇を完全に御するためには、『王の力』を最も強く持つ者が王位につく必要がある」

「ならば！　そうと分かっておいでならば退くべきです！　先の政変でのご活躍で、私は詩雪様を尊敬申し上げております！　ですが、詩雪様に、『王の力』である嘘を聞き分ける力がないことは皆知っております！」

懇願するような響きだった。決して詩雪のことを軽んじているわけではない。むしろ慕っているからこそ、今の暴挙が許せない。そう言いたげな痛々しいほどの声だ。

これを受け止めて詩雪は微笑む。王の力がないと思っていてもなお、敬意を持ってくれるその気持ちが嬉しかった。

「そうだな。なんというか、これもまたみんなを騙したことになるかもしれない。いや、本意ではなかったのだとは言っておくが……。晶翠、きてくれ」

詩雪がそう言った瞬間だった。王壇に立つ詩雪以外に誰もいなかったはずのその場に、あり得ないものがいた。

官吏達は突然のことに目を見開き、声にならない悲鳴のようなものも響く。先ほど、詩雪の即位に異を唱えた者は口をあんぐりと開けていた。

何故なら、目の前には見たこともない巨大な獣がいたからだ。

銀の毛並みに、鋭い牙。獅子に似た体軀に、背中には蝙蝠の羽。

「あ、あああ、ああ、あれは、窮奇!?」

誰かが声をあげた。伝承で伝え聞く『窮奇』の姿だった。

怯え青褪める官吏達を落ち着かせるように、詩雪は笑みを作る。

そして、晶翠に向かって手を伸ばすと、彼は甘えるようにその手に擦り寄り頬を撫でさせた。

銀毛の柔らかな感触が思いの外に心地いい。

（悪くないな。官吏達に一目で窮奇と分かってもらうためにこの姿で現れてもらったが、常にこの姿でいてくれた方がいいかもしれない。確かに恐ろしい風貌ではあるが、慣れてくればちょっと大きな猫のようにも思えて……）

などと詩雪が思っていたら、頭の中で声が響いた。

『詩雪様、なんだかとても失礼なことを思っていないでしょうか？』

不満そうな晶翠の声色に、図星だった詩雪は軽く咳払いをして誤魔化すと、慌てふためく官吏達に視線を戻した。

「見てわかったと思うが、現在、窮奇を御しているのは私だ。つまり、私が『王の力』をもっとも強く有している。先の政変でも窮奇の力を借りて、寛国の兵を退けた」

その言葉に、先の政変での出来事を間近でみていた武官達の多くがハッとしたような顔をした。中には納得したように頷く者も。

「これで、私が王位につく不安が少しでも晴れただろうか」

詩雪が、異を唱えた官吏に向かって穏やかにそう言うと、窮奇の出現に愕然としていた男はハッと姿勢を正して頭を下げた。

「も、もちろんでございます。大変失礼をいたしました」

「よい。何も悪いことは言っていない。むしろ言ってくれて感謝さえしている」

　そう言葉にした後、厳しい顔つきで他の官吏達を見やった。

「だが、一つ伝えておきたいことがある。私は王の力の強い者が必ずしも王にならなくても良いと思っている。誠実を美徳とするこの国を治めるのは、誠実な者こそ相応しいと。だから、私は自身の力を自覚した後も、王になろうとはしなかった。不誠実な私に、相応しくないとそう思って」

　そう言って一度詩雪は言葉を切った。

　過去の臆病な自分を省みる。そして、佳玉との約束も。

『誰もが誠実に生きられる国にしてほしい』という佳玉の願いに、詩雪はあの時確かに応じたのだ。

　たとえこの先、どれほどの嘘を用いることになろうとも、その言葉だけは嘘にしたくない。

「しかし、一人の宮女の言葉が私を動かした。彼女は、誠実に生きたかったと言った。呂芙蓉が我が国を支配していた時代、どれほどの者が彼女と同じ思いでいたことだろうか。私は、この誠国を誠実でいたい者が誠実に生きられる国にしたい」

　詩雪の力強い言葉に、誰もが聞き入った。隣にいる窮奇の恐ろしさを忘れ、詩雪の強さに引き寄せられていく。

「自分に誠実でなければ、人に対しても誠実になれない。だから私は、自分に誠実であるために王に立つ！」

詩雪の決意の言葉。それまで詩雪に圧倒されていたかのような高官達は、ハッとして次々と叩頭していく。

そして同時に強い風が吹いた。

それは詩雪の前髪を揺らし、碧色の龍袍《りゅうほう》を靡かせる。

まるで天帝までもが新しい王を祝福しているかのような風に撫でられながら、詩雪は誠国の女王に立った。


誠国の町では至る所に碧色の布がはためいた。

寛国の脅威を退けた女王を讃えるための碧色の布。

民は新しい女王の誕生を祝福し、これからきっと良くなると、希望を感じさせてくれる女王の存在に感謝を捧げた。

そしてその年に生まれた子供の多くが『詩雪』と名づけられた。

女王のように誠実に生きてほしいという、願いをこめて。

目次

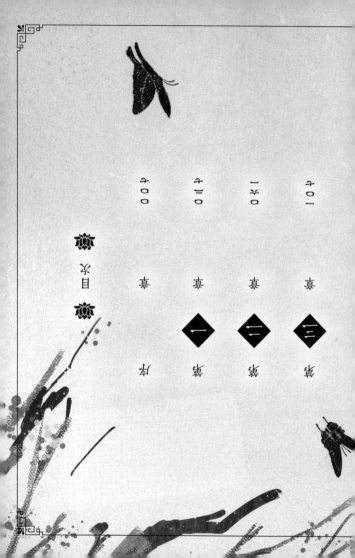